AMY STRAUSS

Zwischen den

Welten

Türen der Vergangenheit

novum pro

Dieses Buch ist auch als
e-book
erhältlich.

Bibliografische Information
der Deutschen Nationalbibliothek:

Die Deutsche Nationalbibliothek
verzeichnet diese Publikation in
der Deutschen Nationalbibliografie.
Detaillierte bibliografische Daten
sind im Internet über
http://www.d-nb.de abrufbar.

Gedruckt in der Europäischen Union
auf umweltfreundlichem, chlor- und
säurefrei gebleichtem Papier.

© 2024 novum Verlag

ISBN 978-3-99146-546-1
Lektorat: BA
Umschlagabbildungen:
Elena Schweitzer, Naiauss,
Altitudevs | Dreamstime.com
Umschlaggestaltung, Layout & Satz:
novum Verlag

www.novumverlag.com

Druckprodukt mit finanziellem
Klimabeitrag
ClimatePartner.com/16547-2311-1001

Inhaltsverzeichnis

Kapitel 1

Wer ich bin?

1.1

„... Wenn ich diese Tür nicht geöffnet hätte ..."

„Wo ich bleibe? Was kann ich dafür, wenn die Zeit für das Meeting so überzogen wird?", klagt ein Mann, während er die riesige verglaste Eingangstür eines übergroßen Gebäudes öffnet. „Ich sehe dich nicht!", beendet er seine Klage mit suchender Mine. „Ich stehe um dieselbe Zeit und genauso gelangweilt hier herum wie sonst auch", schnarcht eine Frau mit braunen Haaren und einer überragenden Brille auf der Nase auf der anderen Seite der Leitung. „Sprich bitte nicht so einen Müll! Ich habe üble Kopfschmerzen. Ach ja, und solltest du nicht eigentlich wissen, dass man nicht so mit dem Mann sprechen sollte, der einen finanziert?", entgegnet er der Frau stumpf. „Ich weiß ja ... du bist empfindlich gegenüber Lautstärke, aber Kopfweh hast du normalerweise nie", macht sich die Frau direkt Sorgen und blendet seine nachgeschobene Anmerkung aus. Daraufhin entdeckt der Mann sogleich die winkende, ausgestreckte Hand auf der anderen Straßenseite. Diese steigt gerade aus dem Auto aus. „PASS AUF! WEICH AUS!", ruft der erschrockene Mann ins Telefon. Fast wurde seine Gesprächspartnerin von einem, wie aus dem nichts aufgetauchten, zu schnellen Autofahrer über den Haufen gefahren. „Ohne mich wärst du verloren. Das ist klar", legt der Mann voll Heldenmut auf. Nachdem die Frau dem Tod um ein Auge entkam und ihr Chef mit Herzrasen zügig auf sie zueilt, gähnt sie kalt, als sei nichts passiert: „Wird ja auch mal Zeit, steig schnell ein." Sie öffnet ihm die Autotür und rennt danach schnell, aber vorsichtig, auf die andere Seite der teuren Limousine. „Gehts etwas schneller???", mault er die Frau harsch an. „Ist der Held aus dir schon wieder verschwunden? Ich mach ja schon. Man, wieso muss ich immer so viel Stress aushalten. Wieso bin ich freiwillig zu deiner Managerin geworden?" „Wie gesagt, weil du ohne mich ... aufgeschmissen wärst." Der Mann springt förmlich in das lange Fahrzeug ein, seine Managerin tut es ihm gleich.

„Wir haben nur noch 15 Minuten. Bitte wählen Sie die schnellstmögliche Route", krächzt er in Eile. Der Chauffeur, der vorne im Auto sitzt, streckt schlaff seine Arme aus: „Alles klar, Mr. Kawaki." Jedoch hört er ihm nur auf einem Ohr zu, denn was im Radio läuft, ist viel interessanter.

„Und jetzt die News für Donnerstag, den 2. November 2022", erklingt das Radio.

„Oh, und ...", fällt Mr. Kawaki ein, nachdem er die Stimme des Nachrichtensprechers vernimmt, „bitte schalten Sie das Radio aus, ich habe jetzt absolut keine Nerven für schlechte Nachrichten, geschweige denn gute oder für die viel zu oft gespielten Lieder im Radio", befiehlt er seinem Chauffeur inständig. „Alles klar, Mr. Kawaki!", antwortet dieser traurig, denn gleich würde sein Lieblingslied im Radio laufen. „Und bist du bereit? Heute wird sich zeigen, ob sich deine Mühen gelohnt haben", erkundigt sich die Managerin mit ihrer sehr hohen Stimme, woraufhin der im Anzug gekleidete Mr. Kawaki sie plötzlich mit noch gestresstreren Augen ansieht. Kawaki ignoriert diese Worte. Heute macht er anscheinend noch dichter als sonst. Deshalb kommt die Managerin zu dem Entschluss, ihm heute, ausnahmsweise, nicht seinen vollgepackten Terminkalender vorzutragen. Erstens wollte sie nicht wieder eine Diskussion über ihre Stimme auslösen und zweitens wusste sie, dass Kawaki heute mehr als nur aufgeregt ist. Auch wenn er seine Gefühle, wie eigentlich immer, alles andere als zeigen möchte. Gedanklich war er nicht in einer fahrenden Limo. Gedanklich führt er eben keine Konversation mit einer für ihn zu engagierten Person, was er generell am liebsten immer vermeiden würde. Was natürlich nicht daran liegt, dass er seine Managerin oder seinen Chauffeur nicht leiden könne. Zumindest nicht ausschließlich. Der Chauffeur geht ihm schon etwas auf die Nerven, da er ihm nie widerspricht und immer genau macht, was er soll. Seine Managerin liest ihm immer wieder aufs Neue seine langweiligen Termine vor, was ihm so dermaßen auf den Sack geht, ihr könnt es nicht glauben. Es ist wie ein Lied, welches man eigentlich gerne hört.

Hört man es allerdings jeden Tag, beginnt es, einem irgendwann aus dem Hals rauszuhängen. Es nervt ihn so sehr, dass immer das Gleiche drinnen steht. Er kann schon fast seinen kompletten Terminkalender im Schlaf aufsagen.

Genau deshalb ist er der Managerin dankbar, dass sie genau dieses morgendliche Ritual heute ausfallen lässt. Denn heute passiert etwas, was sonst nie passiert. Sein Terminkalender hat heute, am 2. November 2022, nämlich andere Pläne für ihn vorgesehen. Heute soll Kawaki einen fetten Job an Land ziehen. Er hat einen sehr wichtigen, in bereits elf Minuten beginnenden Vortrag, über die Struktur eines geplanten Einkaufszentrums. Kawaki ist mittlerweile schon seit ein paar Jahren als Architekt, in der vom Markt angeführten ingenyours Company, berufstätig. Er soll heute seinen ausgearbeiteten Plan über die innen Umstrukturierung eines Forschungsinstitutes, welches schon seit einiger Zeit nicht mehr in Betrieb ist, vorlegen. Jenes Gebäude wurde vor ein paar Jahren an eine Baufirma verkauft und nun soll es zu einem Einkaufszentrum umfunktioniert werden. Noch trägt dieses Gebilde den Namen REwind. Wir werden sehen, ob es auch bei diesem Namen bleiben wird. Kawaki muss es in seiner Präsentation schaffen, sich so gut wie möglich zu verkaufen. Wenn er diesen Auftrag bekommt, könnte dies zu seiner lang ersehnten Anerkennung in seiner Company führen, für welche er schon lange kämpft. Er bekommt immer nur die kleineren Aufträge, aber dieser Auftrag könnte für ihn ein Sprungbrett ins richtige Becken bedeuten.

Dementsprechend kamen auch die Nervosität und die Angst vorm Versagen, die bei Kawaki eher eine Seltenheit sind. Nachdem die Managerin (deren echter Name übrigens Carol lautet) seine kalten Füße bemerkt, gibt sie sich die Aufgabe, Kawaki etwas aufzuheitern und aufzulockern. „Hier sind sie!", quietscht Carol freudig und legt ihm etwas auf seinen Schoß. Mit starrem Blick aus der Autoscheibe und seiner im Gegensatz zu Carol relativ eindösenden Stimme kommt nur ein schlaffes: „Wer ist da?", aus ihm heraus. Anstatt ihm eine Antwort auf seine Frage zu geben, stupste sie ihn an und deutet auf seinen Schoß. Ihr fragt euch bestimmt, was es wohl sein kann. Möglicherweise etwas zum Abbau von Stress oder sind es vielleicht Tabletten gegen Kawakis Kopfschmerzen (die im Übrigen schon völlig vergessen wurden)?

Fast richtig geraten. Es sind und jetzt haltet euch fest ... BRIEFE. Morgens entnimmt Carol, pünktlich um halb sieben, vor Kawakis Haus seine Briefe aus dem Briefkasten. Zwischen seinen Meetings liest er, falls er nach der Tagesplanung noch Kraft dafür hat, diese Briefe häufig. Normalerweise würde er sie nicht vor so einem wichtigen Ereignis öffnen, aber um mental etwas runterzukommen, entscheidet er sich dazu, das Lesen der Briefe heute nicht ausfallen zu lassen. Meistens sind es nur Stromrechnungen oder irgendwelche Werbungen. Doch es kann ja nicht schaden nachzusehen. Der erste Blick auf die Briefe ladet direkt Tonnen von Gefühlen auf seinen, bereits mit Anfang zwanzig, belasteten Rücken. Das Erste, was er erblickt, ist ein Verlängerungsvertrag auf seine befristete Stelle in der Company. Carol sieht zu ihm und kann sich den Lacher nicht verkneifen: „Auf die nächsten fünf beschissenen Jahre!!!" Kawaki ist nicht zu Lachen zumute. Vor ein paar Wochen wäre er fast aus der Company ausgetreten, doch aus verschiedenen Gründen konnte er sich dies nicht leisten. Ein weiterer Brief kommt zu aller Überraschung ebenfalls aus seiner Firma. „Die haben mir noch nie einen Brief geschickt und jetzt gleich zwei auf einmal?" Verwunderung macht sich in ihm breit. Dieser Brief stammt jedoch nicht von irgendwem. Er stammt höchstpersönlich von seinem

Chef, der einzigen Person, von der er sich etwas sagen lässt. Sein Chef trägt den Namen Mr. Chabi. Er ist, um ehrlich zu sein, die schlimmste Art von Chef, die man sich vorstellen kann. Wie der zum Chef geworden ist, wäre für Außenstehende unerklärlich. Von der Arbeit versteht er zwar etwas, vom Umgang mit seinen Mitarbeitern leider rein gar nichts. Es gibt wirklich fast keinen aus der Firma, der sich traut, länger als drei Sekunden in seine braunen Augen zu schauen. Auch wenn Augenkontakt mit ihm herzustellen, allein schon an sich eine unmögliche Aufgabe ist. Mr. Chabi ist zu KEINER Zeit des Tages erreichbar. Früher war es anders und Kawaki und er haben viel miteinander durchgestanden. Schade allerdings das dies meist nur im negativen Kontext verlief. Kawaki ist gespannt und ängstlich was ER von IHM, in Briefform, erhalten könnte. „Bestimmt hats etwas mit Geld zu tun", überlegt er laut. „Oder vielleicht auch mit dem Job, den du gleich absahnen wirst", vermutet Carol. Doch bevor er genauer nachsehen kann, was er ihm nun zu sagen hat, kommt das Fahrzeug zum Stillstand. Er blickt somit vom spannendsten Brief aller Zeiten auf. „Was ist denn jetzt?", macht er seinen Chauffeur zickig an und sieht zur selben Zeit, dass jede Menge Fahrzeuge vor ihm ebenfalls zum Stillstand kommen. „Ich glaub, hier ist eine Baustelle, Sir", klärt der Chauffeur ihn auf. „Eine Baustelle?? Sowas musst du doch wissen!!! Seit wann ist hier eine Baustelle?", brodelt es immer mehr in ihm. Carol ist von diesen Umständen auch nicht gerade begeistert und ein Blick auf die Uhr, die sie vor Kawaki verdeckt, macht es auch nicht gerade besser. Ihre Verzweiflung muss groß sein, denn es rutscht ihr etwas Unpassendes über die Lippen, was sie sonst niemals mit einem so respektlosen Unterton ausdrücken würde. Sie spricht die provozierenden Worte: „Genau deshalb hört man Radio beim Autofahren, da wird man vor solchen Baustellen gewarnt." Kawaki, dessen nächste Anstrengung es war, Carol nicht den Hals umzudrehen, stellte sich panisch die Frage: „Toll und was jetzt? Wie soll ich es denn jetzt noch schaffen? Ich darf einfach nicht zu spät erscheinen. Ich vermiese gleich den guten und wichtigen ersten Eindruck." Für Kawaki ist „zu spät kommen" keinesfalls unhöflich. Es ist seiner Meinung nach schlichtweg unprofessionell. Nach ein paar Sekunden Bedenkzeit stopft er die ganzen Briefe in seine Aktentasche, öffnet hektisch die Autotür und springt doppelt so schnell aus dem Auto, wie er eingestiegen ist, wieder heraus. Alles ohne auch nur ein Wort zu verlieren. „Was wird das, wenn's fertig ist?", hinterfragt Carol. „Wie, was wird das? Ich laufe zur Baufirma! Das ist meine einzige Chance, noch einigermaßen rechtzeitig anzukommen!" Carol erwidert daraufhin nichts. Sie zieht bloß ein überraschtes Gesicht und denkt sich heimlich: „Laufen ..., du ...? Dass ich nicht lache." „Mr. Kawaki, wissen Sie denn überhaupt, wo es lang geht?", möchte der Chauffeur sicherstellen, dass Kawaki sich nicht verläuft. Er deutet auf ein Schild, welches neben einer der aufgestellten Baustellenampeln steht. Es zeigt den hoffentlich schnellsten Weg zur Baufirma an. „Also dann, bis später", schreit er (noch motiviert von seinem Vorhaben), bevor die Autotür zum Donnerschlag wurde. In Windeseile spaziert er auf und davon. Was er nicht wusste, war: Der Stau legte sich schnell wieder, da die Ampel, kurze Zeit nachdem er abzischte, wieder *Grün* anzeigte. Davon bekommt Kawaki, zu Carols Glück, nichts mehr mit. Er rennt, so schnell er kann, den Ausschilderungen nach. Dabei gibt er wirklich sein Bestes die Menschen, welche seinen Weg kreuzen, nicht zu überrennen.

Was sich nicht gerade als einfach herausstellt. Er schlängelt sich durch eine Gruppe von Senioren, weicht unzählig vielen Kinderwägen aus, bei denen ihm immer der Gedanke in den Kopf springt: „Wer hat heutzutage noch die Zeit, Bock und vor allem den Nerv für Kinder?" An den Cliquen der heutigen „coolen" Teenager (von denen er eine Ladung Rauch ins Gesicht kriegt, was seiner Unsportlichkeit nicht gerade zum besseren verhilft) kann er auch nicht vorbei. Alle diese Menschen interessieren ihn als Architekt nicht halb so viel wie die verschiedenen Gebäude, die an ihm vorbeiziehen. Er zieht sogar an Gebäuden vorbei, bei denen er an der Konstruktion mitbeteiligt war. Eines davon ist ein China Restaurant. Dieses Restaurant blieb ihm, als einer seiner schwersten Aufträge, im Gedächtnis.

Nicht etwa, weil es von der Konstruktion oder dem Zeichnen her kompliziert war. Nein. Wenn er danach gehen würde, wäre es sogar einer seiner leichtesten Aufträge gewesen. Es lag an den Kunden. Diese wurden immer anspruchsvoller und konnten nie zufriedengestellt werden. Doch leider ist im Grunde der Kunde immer der König. Ein paar Häuser weiter kommt ein weiteres Gebäude, bei dem er viel mitgeholfen hatte. Er wird fassungslos. Er glaubt, seine Augen spielen ihm einen Streich: „Die haben daraus jetzt einen Bücherladen gemacht? Ernsthaft?" Sein entsetztes Gesicht lässt sich nicht verstecken: „Warum ausgerechnet dieses schöne Gebäude? Und nicht einmal informiert werde ich", traurig wendet er seine Augen von der Enttäuschung ab. Es war sein erster richtiger Auftrag als Architekt.

„AUA! Passen Sie doch auf, wo sie hinlaufen." Beschwert sich der Boden? Kawaki erschrickt fast zu Tode und schaut hinab. Er stieß mit einer Frau zusammen, aus deren kaputter Tasche ihr kompletter Inhalt herausfiel. Was zu ihrem Aufatmen nur wenige Gegenstände sind. Kawaki ist gerade nicht wirklich zum Aufatmen zumute, sondern eher zum Ausatmen (wie ein 82-jähriger Opa). Seine Tasche fiel bei dem Zusammenprall ebenfalls auf den Boden und er kann sie leider nicht aufheben (wegen seiner Rückenschmerzen). Da er die Frau von Anfang an wegen ihrer Tasche nicht für voll nimmt, besitzt er doch tatsächlich die Dreistigkeit sie anzuweisen: „Geben Sie mir meine Tasche!"

„Sagen Sie mal ..., gehts noch? Wie können Sie es wagen, mich umzustoßen, sich dafür nicht einmal zu entschuldigen und mir dann auch noch Befehle zu erteilen? So eine ..." Man kann sie (zurecht) gar nicht mehr bremsen. Er ignorierte sie einfach, so gut wie es ihm, bei ihren beleidigenden Worten, möglich ist. Die Frau erträgt sein ignorantes Gesicht langsam nicht mehr: „Gut, ich gebe Ihnen die Tasche, wenn SIE mich darum B-I-TT-E-N."

„Sie haben recht. Entschuldigen Sie mein unangemessenes Verhalten. Natürlich werde ich Ihnen zuallererst hoch helfen, bevor irgendwas anderes passiert." Er hält seine Hand, als wolle er ihr den Frieden anbieten, vor sie. Die Frau möchte ans Gute im

Menschen glauben, weswegen sie ohne zu zögern nach der „helfenden" Hand greift. Kawaki nimmt sie, richtet die Frau bis zur Hälfte wieder auf, kommt mit seinem Gesicht ihrem gefährlich näher und flüstert: „Muss wohl Ihr Pechtag sein. Erst fallen Sie zu Boden, dann Ihre Tasche ..." Kawaki lässt die arme, verwirrte Frau wieder auf den Boden plumpsen ... „Und schwups gehts wieder von vorne los." Gebeugt hebt er seine Aktentasche selber auf, erweist der Frau seinen letzten Respekt: „Passen Sie nächstes Mal besser auf sich auf", und schlendert einfach so weiter, als wäre nichts gewesen. Diese Demütigung, dieses Verhalten von diesem Mann, kann die Frau im ersten Moment erst nicht so richtig fassen. Sie legt erst impulsiv los, als Kawaki schon meterweit entfernt ist: „HEY! Was soll der Mist! Sie sind der schlimmste Mensch, der mir je begegnet ist!!!! So eine FRECHHEIT." Wenn Blicke töten könnten ... Man kann es ihren zornerfüllten, grünen Augen nicht übelnehmen. Kawaki geht auch nach diesem Ausruf weiter, ohne zurückzusehen. Glaubt mir, das laute Organ dieser Frau kann man unmöglich überhören. Sogar die für Kawaki gruseligsten Tiere, die Tauben, schrecken auf der anderen Straßenseite auf. Ganz zu schweigen von den Menschen, von denen die meisten nicht davor zurückschrecken, ihr Getuschel offen preiszugeben. „Der hat sie bestimmt abserviert", vermuten die meisten unter ihnen. Kawaki dreht sich, nachdem er wahrnimmt, wie einer diese Behauptung aufstellt, das erste und letzte Mal um. Er kommuniziert, ohne zu sprechen, deutlich: „Ich kenne diese Verrückte nicht." Wenn diese „Verrückte" es gerade nicht selber eilig hätte, wäre sie nach diesem letzten Gesichtszug von Kawaki (welcher sie am meisten ankotzte) vor Zorn wahrscheinlich auf Kawaki losgegangen. Doch als ihre gesamte Aufregung über ihn (nicht nur in Gedanken) dem Ende naht, beginnt sie sich wieder um die wichtigen Fragen des Lebens zu sorgen. Sie lenkt sich von ihren „bösen" Gedanken ab: „Habe ich vergessen, den Herd auszuschalten?" Als sie auf diese Frage nach einigen Abläufen, wie sie in die Küche rein und raus ging, eine Antwort findet, kommt sie endlich dazu, ihre Sachen vom Boden aufzuheben. Diese Sachen bestehen, um ehrlich zu sein, bloß aus ihrem Geldbeutel (in dem kein Cent mehr zu finden ist). Aus diesem verranzten Beutel fallen noch Bilder ihrer Geschwister, ein längst abgelaufener Essensgutschein für ihr Lieblings-China-Restaurant und mit diesem auch die Frage: „Wie konnte ich es nur wagen? Wie konnte ich es wagen, diesen Schatz nicht zu verwenden?" heraus. Als Letztes hebt sie noch ihren Personalausweis auf. Dieser zierte den Namen **„Lilya Evergreen.**" Da sie nun alles aus ihrem Geldbeutel stammende aufhob (Warum hatte sie eigentlich die Tasche dabei?), macht sie sich nochmal flüchtig ein paar Gedanken zu diesem Mann gerade. Ihn zu verdrängen war doch nicht so einfach, wie sie glaubt. „Wenn ich den jemals wiedersehen sollte, reiß ich ihm den Kopf ab."

Sie hofft, ihre Gedanken nie wieder an so jemanden wie ihn und vor allem nicht mehr an den nicht gültigen Chinarestaurantgutschein zu verschwenden. Nach der ganzen Aufregung und den letzten Idioten, die sich über diese Situation gerade lustig machen, hat sie endlich vor, ihren Weg fortzusetzen. Der soll in das rosa angestrichene Gebäude, auf der Straßenseite der Tauben, führen. Als allerdings der erste Schritt getan ist, fällt ihr etwas auf, was auf dem Boden liegt: „Ein Brief? Der kann nicht von mir sein", ist ihr auf der Stelle klar. Damit liegt Sie richtig. „Dann kann er ja nur von DEM sein …" Sie lächelt vor Schadenfreude und spricht das einzige Wort, das dieser Situation gerecht wird, aus: „Karma." Nach unten gebückt nimmt sie den Brief in ihre Hand. Ihr erster Blick wandert natürlich zum Empfänger des Briefes oder besser gesagt dem Übeltäter, welcher das Wort „Entschuldigung" nicht kennt. **„Yukimi Kawaki.**" Nachdem Lilya diesen Namen liest, ist sie unerklärlicherweise etwas weniger sauer. „Dieser Name … der kommt mir sehr bekannt vor … Yukimi? Hmm", grübelt und grübelt sie, doch stößt auf keinen Nenner, „als ob ich den kenne. Als ob ich jemanden kenne, der so drauf ist wie der." Danach wandern ihre Augen sofort zu Kawakis Adresse, woraufhin ihr gleich der unvermeidbare Gedanke in den Kopf schießt: „Der wird sich noch umgucken." Von seinem getragenen Anzug entnimmt sie, dass er wohl ein Mensch mit sehr viel Geld sein muss. Sie fängt schon damit an, Pläne zu schmieden, wie sie sein sehr teures Auto mit Eiern bewerfen oder sein Haus in Klopapier einwickeln könnte. Wie sehr dieser Gedanke sie auch zufriedenstellt, muss er zu dem Gedanken umgewandelt werden: „Wenn ich mich jetzt nicht beeile, komme ich noch zu spät. Das wäre unhöflich und würde den guten ersten Eindruck zerstören." Weil Lilya ebendas vermeiden möchte, steckt sie den Brief in ihre Hosentasche (ihre Handtasche ist nicht mehr zu gebrauchen). Darauffolgend sprintet sie zügig in das Gebäude, welches zufälligerweise genau gegenüber ihres Lieblingsbücherladens liegt. Es ist ein altrosafarbig angestrichenes Bauwerk, welches bestimmt um die fünf Stöcke vorweisen kann. Sie schwebt die steile Treppe zu Stock 3 förmlich hinauf, geht den langen Gang entlang und vor dem Büro einer gewissen Frau Vorenz begibt sie sich zum Stillstand. Lilya strotzt nur so vor Aufregung und Furcht. Furcht vor dem, was in den nächsten Minuten alles passieren könnte. Denn die Frau in diesem Büro muss sie von sich überzeugen. Sie wird hoffentlich zu ihrer neuen Arbeitgeberin. Lilya hat sich für eine Stelle in einem Forschungsinstitut beworben. Frau Vorenz ist die Leiterin dieses Institutes. Trotz unvollständiger Bewerbungsmappe, muss man anrechnungsvoll sagen, lud sie Lilya zu einem Bewerbungsgespräch ein. Bevor Lilya jedoch den Mut findet, anzuklopfen, kontrolliert sie noch, ob sie ihr Handy auf „stumm" gestellt hatte. Das Szenario, wie es während des Gespräches klingelt, bereitete ihr vergangene Nacht Albträume. Sie zieht ihr Handy aus der linken Hosentasche. Zu ihrem Schreck ist es nicht ihr Handy, das sie nun vor sich hat, sondern der Brief von Kawaki.

„Verloren? Verloren? ... Ver ...", befürchtet sie, „dann kann es wenigstens nicht klingeln ..." Es vibriert in ihrer rechten Hosentasche. „Gott sei Dank." Dieses Handy gewann Lily bei einem Basketballspiel auf dem vor Jahren das letzte Mal hier stattgefundenen Frühlingsfest.

Wäre Sie nicht so gut im Körbewerfen, würde sie sicher bis heute kein Handy besitzen. Auf dem Sperrbildschirm ploppt gerade eine neue Nachricht auf:

„Ich weiß ... dein Bewerbungsgespräch geht gleich los.
Ich wollte dir nur nochmal viel Erfolg wünschen. Sei
nicht zu aufgeregt, das hast du nämlich überhaupt
nicht nötig."

Lilya ist mehr als froh über diese lieben Worte. Doch das Ende
der Nachricht soll sich das ganz schnell ändern:

„Außerdem machst du immer so ein komisches Ge-
sicht und redest so viel, wenn du dich aufregst oder
aufgeregt bist. Also beruhig dich. Du willst sie ja nicht
gleich vergraulen."

Zuerst wird sie etwas sauer und fragt sich: „Wie kann man so
gut anfangen und es dann noch so sehr vermiesen? Die Liste der
Personen, an denen ich mich rächen muss, wird ja nicht gerade
kleiner. Von wem kommt diese Nachricht überhaupt?" Wichtiger als diese Fragen war allerdings: „Ist die Nachricht ernst gemeint? Sieht mein Gesicht wirklich so hässlich aus?" Ein paar
selbstkritische Gedanken später bemerkt Lilya, wie ihre Nervosität durch die Nachricht deutlich sinkt. Zumindest bis sich
schließlich die alte weiße Tür von Frau Vorenz' Büro, öffnet.
Aus ihr trat ein etwas älterer, pummliger und sehr böse drein-
schauender Herr hindurch.
    „Das hättest du mir auch VORHER ERZÄHLEN KÖNNEN!!!
Jetzt bin ich für den Dreck hergefahren... Du solltest mir wenigstens meine Spritkosten bezahlen. Das Geld wächst leider
nicht auf Bäumen." Dieser zornige Mann brüllt nicht nur ins
Büro hinein, vor allem landet sein Gebrüll in Lilyas Ohr, welches versteckt hinter der Tür rausragte „Man öffnet diese Tür
nach außen?", kreisen schmerzende Sternchen über ihrem Kopf.
„Immer nur rummeckern! Du gehst mir echt auf den Zeiger",
dringt eine mürrische Stimme aus dem Büro. „Für so einen Mist
bin ich echt nicht zu haben", wird die Konversation von der zu-
geschlagenen Türe beendet. Sie wird übrigens mit einer solchen
Wucht zugeschlagen, dass sie sich von selbst wieder aufschlägt.

Frau Vorenz, die sich aus ihrer aggressiven Haltung zurück in ihren Stuhl fallen lässt, bemerkt Lilya trotz ihres kleinen „Aua" nicht. Sie kaut sauer auf einem ihrer Kugelschreiber herum. Lilya klopft an der bereits offenstehenden Türe an. „Hallo, ich bin Lil-ya E-ve-rgr–een. Wir haben um diese Uhrzeit ein Bewerbungsgespräch", spricht sie so höflich, wie es ihre blutende Nase erlaubt. Frau Vorenz springt bei dem Angeklopfe gleich wieder unruhig auf, da sie glaubt, der Mann von eben sei wieder zurückgekommen. „Ah richtig!", atmet sie erleichtert auf, „kommen Sie doch herein. Ich muss mich wirklich bei Ihnen entschuldigen, mussten sie das mitansehen? Oh je! Sie bluten. Bewegen Sie sich nicht, ich gebe Ihnen ein Taschentuch." Voller Schuldgefühle im Nacken zückt Frau Vorenz ein Taschentuch. „Alles gut. Ist halb so schlimm, wie es aussieht (OH DOCH). Sie können ja nichts dafür, wenn andere ihr Temperament nicht zügeln können. Wenn sich jemand entschuldigen muss, dann der Herr von gerade. Mir ist heute auch sowas Ähnliches passiert. So ein unverschämter Mann hat mich umgestoßen und ha-", abrupt beendet Lilya ihr viel zu schnelles Gerede. Sie entschließt sich dazu, den Satz nochmal von Neuem zu beginnen: „Ich bin sehr aufgeregt, wissen Sie. Ich blute immer aus der Nase, wenn ich so aufgeregt bin wie jetzt", belächelt Lilya selbst ihre schlechte Erklärung, wie es angeblich zu dem Blut gekommen ist. Dabei überprüft sie ihren Gesichtsausdruck an der großen Fensterscheibe von Frau Vorenz (was nicht viel bringt, da das Taschentuch fast alles verdeckt). Sie wollte checken, ob die Nachricht (die mit dem hässlichen Gesicht) gerade ernst gemeint war (ja, musste sie schmerzlicherweise feststellen). „Habe ich mich schon vorgestellt? Wenn nicht, ich bin Frau Vorenz. Freut mich sehr", schüttelt sie Lilyas auch mit Blut bekleckerte Hand, „Haben Sie wirklich Nasenbluten, wenn sie aufgeregt sind? Wenn dem so ist, kann sich das Blut verziehen. Sie müssen überhaupt nicht aufgeregt sein. Wir unterhalten uns nur ein bisschen über Sie und in ungefähr zehn Minuten ist das Gespräch sowieso wieder vorbei." Rücksichtsvoll und behutsam begleitet sie Lilya zu ihrem Schreibtisch. „Nehmen sie doch bitte Platz", deutet Frau Vorenz mit ihrer Hand auf den leeren Stuhl. Lilya setzt sich hin und Frau Vorenz läuft noch etwas im Büro herum (Vielleicht um die letzte Aggressivität von sich abzuschütteln?). „Bevor wir anfangen, hätte ich gerne noch die restlichen von Ihnen versprochenen Bewerbungsunterlagen", bittet Frau Vorenz. Lilya trifft gedanklich wahrlich die nächste Tür ins Gesicht. Jetzt weiß sie, warum sie sich die ganze Zeit schon so fühlt, als habe sie etwas Wichtiges vergessen. Doch gewiss weiß sie, dass sie jetzt schlecht sagen kann: „Die habe ich zu Hause vergessen." Das würde genauso rüberkommen wie früher, wenn man vor seinen Lehrern behauptet hat: „Mein Hund hat die Hausaufgaben gegessen." „Einen Moment bitte, ich hole sie kurz aus meiner Tasche."

Alles gut, wir haben alle Zeit der Welt." Auch wenn Frau Vorenz (mit Vornamen Christina) bemerkt, wie demoliert Lilys Tasche aussieht, hält sie ihren Mund. „Wissen sie", startet Lilya stotternd ihren nächsten Satz, „die Unterlagen muss ich beim Zusammenstoß mit diesem Mann verloren haben. Mann, der war so schnell, ich hab gar nicht gemerkt, was alles aus der Tasche fiel." Frau Vorenz wirft ein Auge auf Lilyas Tasche und zieht die Augenbraue über diesem Auge hoch. „Das Loch ist auch bei dem Zusammenprall entstanden ... Mann, ich weiß gar nicht mehr, wie dieser Kotzbrocken aussah, so schnell war der ...", schweift Lilya vom Thema ab und fühlt sich wie eine komplette Versagerin. Doch gleichzeitig denkt sie: „Für irgendwas muss die Begegnung mit diesem Blödmann gut gewesen sein." Der „Blödmann" beendet zur selben Zeit seinen Vortrag. Auch wenn dieser eigentlich ein paar Minuten länger geplant war. Doch schon nach sieben Minuten hatte der Ausschluss genug. „Warum? Habe ich einfach zu schnell geredet?", sucht er eine Erklärung, „Jetzt mal ehrlich, man redet doch immer schneller bei der Präsentation wie bei den Proben. Ich bin damit nicht allein oder?" Er hatte noch mehr Dinge, auf die er eingehen wollte, und Punkte, die er gerne zumindest angerissen und näher beleuchtet hätte. Doch noch ist nichts verloren. Jetzt gehts erst richtig los. Es geht in die Fragerunde! Sein Publikum hat ohne Zwischenfragen einfach alldem zugehört, was er zu sagen hatte. Deshalb ist es jetzt entscheidend, was für Fragen gestellt werden und vor allem, wie er antwortet. Die „Fragenphase" ist immer eine wichtige Phase bei einer Präsentation. Lehnen wir uns etwas aus dem Fenster und behaupten, sie ist genauso wichtig wie die Präsentation selbst. Die erste Frage stellt eine Dame, welche genauso wie Kawaki Anfang zwanzig zu sein scheint: „Das klingt ja alles schön und gut, aber wieso denken Sie, wir sollten die Wände so anordnen und die meisten Pfeiler diesem Gebäude entnehmen? Wäre es so nicht zu unstabil? Sind es so nicht bereits schon zu wenige Pfeiler, die dieses schwere Gebäude stützen? Wäre es nicht vielleicht sinnvoller, die Umstrukturierung anders handzuhaben?" Nehmen die endlos vielen Fragezeichen dieser nervigen Frau endlich ein Ende? „Es könnte tatsächlich sein, dass es auf den ersten Blick so wirkt, als hätten Sie recht und meine Ideen wirken subtil. Doch glauben Sie mir, ihre Version wäre, mit den uns zur Verfügung gestellten Gütern, eine sehr unkluge Wahl. Außerdem bietet mein Konzept viel mehr im Vergleich zu anderen Möglichkeiten. Es ist nicht nur ertragreicher, sondern, auch wenn sie es mir NOCH nicht glauben, es ist so viel sicherer." Kawaki erklärt ein paar weitere langweilige Dinge, die ich euch ersparen will. Steigen wir an dieser Stelle wieder mit ein: „… anders bedeutet nicht immer schlechter", ist er dabei, seine Antwort auf diese eine Frage zu beenden, bis ihm noch einfällt, „Außerdem sind Dinge in der Realität immer anders als gedacht. Zum Beispiel würde es, wenn wir die vielen Pfeiler behalten, viel zu viel Platz des Raumes einnehmen. Was auch bedeuten würde, die gewünschte Anzahl an Läden wäre undenkbar." Kawaki hat mit dieser einen Frage so gut wie jede Frage in den Köpfen der hier versammelten Mannschaft beantwortet. Er rückt alles erfolgreich so hin, als wäre seine Lösung die einzig denkbare. Auch wenn die Hauptgründe für sein Modell in Wahrheit anders sind: „Es ist zwar mehr Aufwand, kostet mehr Geld und der geplante Eröffnungstermin muss wahrscheinlich verschoben werden, aber auf lange Sicht hin bringt es viel mehr Cash ein." Das wäre die richtige Antwort auf die Frage gewesen.

„Warum, denken Sie, sollten wir genau Ihnen diesen Job geben?"

Die Frage wird nicht nur bei Kawaki von einem großen Mann mit feurig roten Augen in den Raum geworfen. Auch im Büro von Frau Vorenz tritt sie auf. „Schon von Kindesbeinen an interessiere ich mich für die Forschung rund um den Menschen. Das menschliche Gehirn ist mein Spezialgebiet. Die Frage ,Was passiert in unserem Gehirn, wenn wir sterben?' hat mein Interesse an dem Beruf richtig geweckt. Auch meine Eltern sind nicht ganz unschuldig, sie waren ebenfalls in diesem Bereich der Forschung tätig. Durch diese zwei Faktoren bin ich in diesen Beruf reingewachsen." „Waren?", wundert sich Frau Vorenz. „Sie sind leider bereits vor einigen Jahren verstorben. Kurz nachdem sie meine Brüder bekamen." „Das tut mir aufrichtig leid", entschuldigt sich Christina für ihre Rücksichtslosigkeit. „Ach, ist doch nicht Ihre Schuld, sondern die des unverantwortlichen Autofahrers."

„Ich arbeite schon sehr lange als Architekt und habe sehr viel Erfahrung in den unterschiedlichsten Aufträgen gesammelt." Selbstsicher glotzt Kawaki zu genau der Frau, von der er die erste Frage bekam. Sie möchte wissen: „Wie sind Sie überhaupt auf die Architektur gekommen?" „Hat sich halt einfach so ergeben."

„Wie sieht es denn mit Ihrem Privatleben aus?"

„Ich habe drei jüngere Geschwister. Mein Privatleben besteht hauptsächlich daraus, für sie zu sorgen", teilt Lilya ihr stolz mit. „Sie schaffen das allein? Haben Sie denn überhaupt Zeit für eine Arbeit?", hakt Frau Vorenz nach. „Ich habe zum Glück auch einen älteren Bruder. Der unterstützt mich, wo er kann. Er und ich sorgen gemeinsam für unsere kleinen Geschwister."

„Ich habe nicht so viel Zeit für private Unternehmungen", geht auch Kawaki (so kurz wie möglich) auf die Frage ein. „Verbringen Sie gerne Zeit mit Freunden oder mit Geschwistern?", geht die Fragerei weiter und Kawaki schaut so von wegen: „Wenn juckt's? Hat doch nichts mit meinem Können zu tun." Zögerlich meint er: „Ich bin Einzelkind. Es gibt nur mich und meine Eltern. Diese habe ich allerdings schon eine längere Weile nicht mehr gesehen. Ich verbringe die meiste meiner privaten Zeit mit meinen Angestellten."

„Warum sollten wir ausgerechnet Sie für diesen Job auswählen?"

„Ich habe Spaß an dieser Arbeit und möchte die Erfahrungen, die ich bereits gesammelt habe, weiter ausbauen. Sie sollten mich auswählen, da ich immer mein Bestes gebe, fleißig dazulerne, zuverlässig und wissensdurstig bin und meine jetzigen Kenntnisse angemessen für diesen Job sind."

„Ich bin nun seit einigen Jahren in dieser Branche tätig. Ich hatte bereits sehr viele herausfordernde Aufträge und konnte immer das Beste aus so manch schwierigen Gegebenheiten rausholen. Ich erledige meine Arbeit lösungsorientiert und sorgfältig. Egal ob Sie mein Vortrag überzeugt hat oder nicht. Ich bin zu hundert Prozent für diesen Job qualifiziert."

„Ok! Ich danke Ihnen für ihre Zeit. Wir melden uns dann telefonisch oder per E-Mail bei Ihnen", endet das Gespräch nun, sowohl bei der jetzt viel entspannteren Lilya als auch bei dem noch angespannteren Kawaki. „Habe ich irgendetwas vergessen zu erwähnen? Habe ich vielleicht zu sehr auf meine Notizen geschaut? Wir melden uns per E-Mail bei Ihnen, blablablabla. Ist das ein Code für: Wir haben kein Interesse?", macht Kawaki, als er nachts endlich wieder in seiner Wohnung ankommt, sich selbst verrückt. Anschließend an seine kalte Dusche änderte er diese pessimistische Einstellung allerdings schon wieder. Er ist nun überzeugt: „Klar nehmen die mich! Die finden doch niemals jemand Besseren." Er ist endlich bettfertig. Bettfertig für seinen wertvollen schlaf und somit bereit für den Antritt ins Schlafzimmer: „Die haben ganz sicher schon jemand anderes im Blick. Das heißt, ich kann die Beförderung vergessen." Wer hätte gedacht, dass Kawaki so drauf ist. So unsicher. Nachdem er sich die komplette Zeit wie der sicherste Typ aller Zeiten aufführte. Bereit unter die warme, kuschelige, weiche Bettdecke zu schlüpfen merkt er, dass er etwas Wichtiges vergessen hat. Seine Tasche.Welche noch an der Eingangstür zum

Supermarkt auf ihn wartet. Nach dem Vortrag musste Kawaki gleich zum nächstgelegenen Einkaufsladen, um sich mit Nervennahrung einzudecken (Schokoriegel, Donuts, Eiscreme …). Er dachte während des Einkaufs nur daran, ob sie ihn nehmen oder ihn bald mit einer kurzen E-Mail abwimmeln. Mit dieser Unsicherheit wollte er seiner Managerin nicht unter die Augen treten. Das bedeutet wiederum, es gibt zu der Zeit niemanden auf diesem Planeten, der ihn auf seine gottverdammte Aktentasche hinwies. Diese ließ er fallen, als er entsetzt den Brief las, den er schon vorhin im Auto lesen wollte. „Alles nur, weil ich so in Gedanken war, und dann kommt auch noch dieser blöde Hund mit dem dämlichen Brief um die Ecke." Er war das Letzte, was er aus seiner Tasche entnahm: *„Bring mir morgen zur Arbeit mein Lieblingsgetränk mit, danke."* Er zerriss den Brief, sobald er mit dem Lesen fertig war und wurde von seinen Beinen, fast automatisch, zu einem bestimmten Ort getragen. Er stampfte mit einem leckeren Schokoriegel in der Hand, welchen er sauer aber genüsslich verspeiste, zu einem Postkasten. Er entnahm einen Bleistift aus seinem Anzug (was schon das Ende bedeutet) und schreibt seinem Chef einen superfreundlichen Antwortsatz:

„Schieb dir dein Getränk in deinen geldversifften Arsch. Ich werde dir das Geld nicht mehr aus dem Hintern ziehen!" Er warf ihn, ohne auch nur mit den Wimpern zu zucken, in den Kasten hinein.

Lilya hingegen war nach ihrem Bewerbungsgespräch glücklich auf dem Nachhauseweg. Zu Hause angekommen macht Lilya sich mehr als nur zufrieden und beruhigt bereit dazu, wieder loszugehen, um ihre Geschwister abzuholen: „Bis aufs Blut, lief doch super! Ich konnte sie sicher von mir überzeugen." Plötzlich stockte dieser ach so schöne Gedanke: „Hätte ich doch nur nicht diese blöde Bewerbungsmappe vergessen. Wenigstens hatte ich eine Ausrede." Als sie wieder damit anfängt, sich mit dem Zusammenstoß von vorhin zu beschäftigen, kommt ER ihr wieder in den Sinn. Der Brief von dem gewissen „Yukimi Kawaki". Sie kramt den Brief aus ihrer Hosentasche und tapst in den einzigen abgekapselten Raum in ihrer Wohnung, dem Badezimmer (in dem anderen Raum ruht sich ihr Bruder von der Arbeit aus) und setzt sich auf die Toilette. Bevor sie den Brief tatsächlich öffnet, schaut sie sich nochmal genauestens Empfänger und Absender an. Der Empfänger ist, wie bereits erwähnt, Yukimi Kawaki. Der Absender ist ebenfalls ein Kawaki. Ein gewisser Koryo Kawaki. „Wer der wohl ist? Naja, ich werde es ja eh gleich erfahren." Sie zögert allerdings noch: „Warte, es gehört sich nicht, Briefe von Fremden oder generell von anderen zu lesen", tut sie zwar so, als würde sie sich für Kawakis Privatsphäre interessieren ... ist aber gleichzeitig schon dabei, ihn zu öffnen. „Den werde ich doch eh nie mehr wiedersehen", wird das schlechte Gewissen beiseite geräumt und sie beginnt zu lesen:

Lieber Yukimi,
hier ist dein Papa! Wie geht es dir? Wir haben uns schon lange nicht mehr gesehen.
Mein Handy ist kaputt, deshalb kontaktiere ich dich wie ein Steinzeitmensch per Brief. Ich und Maiyu vermissen dich wahnsinnig. Wir würden uns wünschen, dass du dich öfters bei uns meldest. Wir wissen, dass du sehr viel um die Ohren hast. Dennoch sollst du nie vergessen, dass du immer bei uns willkommen bist. Komm doch einfach dieses Wochenende vorbei, um deinen 22. Geburtstag nachzufeiern. So wie ich dich kenne, hast du den Tag nämlich nicht mit Feiern, sondern mit Arbeit verbracht. Ich wünschte, ich würde dir nur schreiben, weil ich gute Nachrichten hätte. Leider habe ich alles andere als das. Maiyu geht es weiterhin immer schlechter und wir sehen keinen Ausweg. Ihre Medikamente helfen mittlerweile überhaupt nichts mehr. Du verstehest doch, dass sie mit dir noch etwas Zeit verbringen möchte, bevor sie... Du kannst es dir ja denken. Für den Fall, dass dieses schreckliche Szenario eintritt, möchte ich, dass du für sie da bist. Wir haben dich lieb.
Koryo & Maiyu

„Mit so etwas habe ich bei einer so asozialen Person wie ihm am wenigsten gerechnet", überkommt Lilya ein schlechtes Gewissen, dass dieser Assi Yukimi den Brief nicht erhalten hat. „Selbst zu seiner Familie ist er so fies. Ich meine, diese Maiyu ist krank und er meldet sich nicht einmal bei ihr." Lilya schießt ein Gedanke durch den Kopf. Egal wie, Yukimi müsse diesen Brief bekommen. Vielleicht meldet er sich dann bei seiner Familie. „Selbst wenn er ein Arsch ist, kann ich es nicht bringen, diesen Brief zu behalten. Ich finde ihn und bringe ihm den Brief zurück. Er verbringt nicht viel Zeit mit seiner Familie? Er ist sogar noch dümmer, als ich dachte. Ich wünschte, ich hätte auch das Privileg, mir auszusuchen, meine Eltern zu sehen oder nicht." Lilya nimmt sich fest vor, den Brief, bevor sie ihre Geschwister abholt, fortzubringen. „Ich muss eh an der Post vorbeilaufen. Ich mach's nicht für ihn, natürlich nicht! Ich mach's nur seinen Eltern zuliebe. Anschließend könnte ich gleich in den Supermarkt gehen, Eier kaufen und sein Haus vollsauen. Auch wenn er eine nette Family zu haben scheint, die sich um ihn sorgt, ändert das nichts an seinem miesen Charakter". Lilya packt den Brief schließlich wieder in den Briefumschlag hinein. Bevor Sie losgeht, entdeckt sie noch etwas, was gleich miterledigt werden kann. Sie wird von einer glänzenden, schwarzen Mappe auf der Waschmaschine angelächelt. Sie versicherte Frau Vorenz, sie würde ihr die Mappe schnellstmöglich per Post zukommen lassen. „Zwei Fliegen mit einer Klappe geschlagen."

1.2

„Ich werde es hinbekommen, ich werde es schaffen! Ich muss einfach", wacht Kawaki verstört am nächsten Morgen auf. Aus unerklärlichen Gründen zittert er am gesamten Körper und ist völlig von der Rolle. „Alles ist gut, alles ist ok. Hör auf zu zittern", fängt er ungewollt an, laut zu sprechen und sich umso mehr zu rütteln. „Es war nichts weiter als ein schlimmer Traum. Einen schlimmen Traum hat jeder einmal ... also alles gut", redet er sich immer und immer wieder ein. Was er vergangene Nacht träumte, ist für jeden lebenden Architekten ein absoluter Albtraum. Der Traum handelte von einem riesigen Gebäude, welches wegen schlechter Stabilität (und der Hilfe eines Sturms) einstürzte. Kawaki ist mehr als erstaunt darüber, dass er sich an seinen Traum erinnert. Das passiert normalerweise nie. Doch diesen könnte er nie vergessen. Wie denn auch? Er fühlte sich so echt an, so lebendig. Sogar so lebendig, dass er anfängt, das Geträumte in die Realität zu übertragen. „Was mache ich nur, wenn das wahrhaftig irgendwann passieren sollte?", überkommt ihn die scheußlichste Vorstellung seit Langem. Doch nach der Zeit des Schreckens folgt bei ihm immer die Zeit des Egos. „Mir könnte dieser Fehler niemals unterlaufen. Dafür mache ich meine Arbeit viel zu gut", drängt er seine bösen Fantasien auf die Seite. Durch diese vielen Gedanken zu seiner Arbeit kommt er auf den gestrigen Tag zurück. Weswegen er sein Handy zur Hand nehmen will, um kurz seine E-Mails zu checken. Ist klar, was er erhofft, zu finden. „Wenn sie schlau sind, haben sie sich bereits für mich entschieden. Wenn nicht, wird sich dies bei einer so populären Firma sicherlich auch nicht mehr ändern", gesteht er sich ein. Als er seine Hand auf den Nachttisch legt, um sein Handy zu nehmen, merkt er schon, dass aus seinem Vorhaben nichts wird. Seine Augen wandern zum Nachttisch. Sein Handy ist nicht da, wo es sein soll. „Komisch ... Ich bin mir sicher, es hier abgelegt zu haben. Gestern Abend habe ich doch auch E-Mails gecheckt und es dann h-i-e-r hingelegt. Habe ich es in der Aktentasche vergessen? Nein unmöglich!" Schon ist die große Suche nach seinem Handy eröffnet. Zuallererst blickt er unter die Bettdecke, jedoch ist dort nicht mehr als sein eigener Unterkörper zu entdecken.

Als Zweites streckt er seinen Kopf über die Bettkante, um sicherzugehen, dass sein Handy nicht auf den Boden fiel. Doch auch dort sieht's schlecht aus. Damit er aber wirklich komplett davon überzeugt wird, dass dieses verdammte Handy (was ihn die meiste Zeit sowieso aufregte) wirklich nicht in den dunkelsten Tiefen seines Bettes verschwunden ist, senkt er seinen Kopf komplett zu Boden. Während seiner Inspektion schwelgt er in Erinnerungen, in denen er sein (bereits siebtes) Handy schon an den ungewöhnlichsten Stellen wiederfand. Vom Kühlschrank bis zur Waschmaschine war schon alles dabei, unter seinem Bett wäre es also noch normal. Allerdings war dort auch nicht mehr aufzufinden als Socken, von denen er schon vergaß, dass sie existieren. Oh! Und auch ein paar etwas ältere Zeitschriften, eine komische Box (Was auch immer da drinnen ist?) und ein eingestaubter Wecker, aus dem eine Spinne krabbelt, springt ihm ins Auge. Als er seinen Wecker schließlich ins Visier nimmt, gehört sein Telefon auch schon wieder der Vergangenheit an. Er schwingt seinen Kopf wieder in Richtung Himmel und haut sich dabei an seinem Nachttisch an. „AAUUUAA, wo kommt den dieser hässliche Nachttisch her???" Als der Wecker ihm wieder, nach einer leichten Gehirnerschütterung, ins Gedächtnis rutscht, tut alles gleich nochmal doppelt so stark weh: „Oh nein, oh nein, oh nein, OH NEIN", dreht seine innere Uhr durch. Er nimmt den Wecker nochmal zur Hand, schaut drauf, dann wieder weg, dann wieder drauf und bekommt den Schweißausbruch seines Lebens. Er rennt los in sein Badezimmer. Kawaki lebt ganz oben in einem Hochhaus, in dem er selbst der Eigentümer des kompletten oberen Stockes ist (wie sollte es auch anders sein). In diesem Stock sind zwei riesige Wohnungen und noch gehören sie ihm beide. Er ist schon lange auf der Suche nach einem Mieter, leider ist dies nicht so einfach, wie er anfangs dachte. Bis jetzt konnte ihm keiner einen angemessen Preis für die Wohnung zahlen. „Geschafft", außer Atem rennt er zur nächsten Uhr, welche sich im Esszimmer befindet. „ACHT Uhr?????? Wieso hat Carol mich nicht geweckt?", spricht er von seiner Managerin, als wäre sie seine Mutter. Er zieht seinen Anzug an (über den Schlafanzug) und kämmt seine schwarze Mähne zurecht.

„Jetzt aber nix wie los! Ich muss meine letzten Tage genießen, bevor mich mein Chef, dank meines tollen Briefes, rausschmeißt." Mehr oder weniger bereit zu gehen, gelangt er endlich zur Wohnungstür. „Carol hat doch einen Zweitschlüssel, oder? Wieso zum Teufel hat sie mich nicht geweckt? Ich versteh's nicht! Möglicherweise hat sie Urlaub genommen oder einen Termin? Nein … Carol? Niemals. Außerdem wüsste ich das … Ich bin doch schließlich die Person, die ihr Urlaub gibt! Sie würde sowas nach einem so wichtigen Tag wie gestern nie abziehen! Es könnte doch auch sein, dass sie verschlafen hat. Nein. Auf keinen Fall. Die niemals!" Kawaki, welcher der offensichtlichen Panik verfallen ist, möchte in Windeseile sein Handy aus der Hosentasche zücken, um seine normalerweise überpünktliche Managerin Carol anzurufen. Doch ihm wird schmerzlich wieder bewusst, dass dies gerade überhaupt nicht möglich ist. „Scheiße." Nach dem etlichen Kopfzerbrechen an das Mysterium Carol entscheidet er sich, nach draußen zu gehen und sich wie sonst auch von seinem Chauffeur zur Arbeit chauffieren zu lassen. Doch schon im Fahrstuhl wird er das Gefühl nicht los, dass sein Chauffeur auch nicht da sein kann. Sonst hätte er ihn aus dem Schlaf geklingelt, wie er es in der Vergangenheit (Carol war auf Geschäftsreise) auch schon getan hat. „Ach nein, warte! Das war ja gar nicht mein Chauffeur, sondern nur ein nervtötender Paketbote. Na, was solls! Wenn er nicht da ist, chauffiere ich mich eben selbst. Ich bekomme des easy selbst hin." Mit sich selbst vorgespieltem Selbstbewusstsein springt Kawaki aus dem Fahrstuhl. Im Verlauf des Tages gibt es viel zu tun: „1. Stopp: Arbeit, 2. Stopp: Carol, 3. Stopp: Baufirma (Aktentasche), 4. Stopp: Elektronikladen … Letzter Stopp: Hoffentlich Krankenhaus …" Die Daten in seiner Datenbank, welche alles ein paar Mal zu oft durchspielen, bleiben bei der Frage aller Fragen stehen: „Der Chauffeur, wie heißt der noch gleich? Ist mir eigentlich schnurz. Der war auf jeden Fall immer rechtzeitig da. Mit viel Glück vielleicht … Bitte SEI DA!!" – am Auto – „WAS HABE ICH NUR GETAN? Wieso ist niemand hier verdammt? Ich könnte kotzen!", tritt Kawaki aka der Alleingelassene ge-

gen einen Stein und schlägt sich den letzten Stopp „Krankenhaus" aus dem Kopf.

„Hallo! Ich würde gerne ein Paket für ihren Nachbarn, Mr. Ston,
abgeben", klingelt es zeitgleich bei Lilya an der Haustür. Sie wurde so was von aus ihrem Traum gerissen und richtet sich bloß
schweren Herzens auf. Sie zieht ihre Schlafmaske hoch und
faselt was von: „Einmal habe ich keinen Albtraum und dann
das?" Und lässt sich direkt wieder zurückfallen. Auch wenn es
so aussieht, als wolle sie wieder einschlafen, überlegt sie eigentlich, was sie nun machen soll: „Soll ich mich beeilen, soll einer
meiner Geschwister aufmachen? Eigentlich sollte ich noch etwas schlafen, oder? Warte nein, mein Wecker klingelt eh in" …
RRRRRRR RRRRRR… „Hat sich wohl erledigt. HUUUUU-", sie
gähnt, schaltet den Wecker aus und murmelt unverständlich:
„noochh fünfff Minu …", bereit wieder ins Land der Träume ein-
zutauchen. „H-hats nicht gerade ge-gegeklingelt", bis ihr genau
das wieder in den Kopf schießt. „Ob Kaja aufgemacht hat? Nein,
ich hab ihr gesagt, sie soll niemandem die Tür öffnen. Es kommt
immer darauf an, wer vor der Haustür steht. Wenn es nur irgend-
jemand wäre, könnte auch Kaja an die Tür. Doch wenn es wieder das Jugendamt ist, wäre das nicht sehr optimal. Tzzz … das
Jugendamt. Die entreißen mir nicht meine Geschwister." Allein
das Wort Jugendamt bringt sie schon zum Brodeln. So sehr …
Sie wirft ihre Bettdecke samt schönem Traum beiseite, hüpft
aus dem Bett und stürmt auf ihre Schlafzimmertür zu. „Warte! So kann ich nicht an die Tür gehen. Egal wer vor ihr steht",
hält sie nochmal kurz inne, bis ihr klar wird: „Schwachsinn.
Egal wer dort steht, selbst in meinem Entenpyjama sehe ich so
gut aus, dass diese Person mir die Wartezeit verzeiht (Jetzt mal
ehrlich, wer würde so lange vor der Türe warten?). Je länger ich
zögere, desto seltsamer wirds. Jemanden so lange vor der Tür
stehen zu lassen, ist unhöflich." Sie tritt ungekämmt, verschlafen, mit der Schlafmaske auf dem Kopf, langsam und fröstelnd
(es ist kälter als kalt) aus ihrem Schlafzimmer heraus. Sehr weit
kommt Sie allerdings nicht. Vorher wird sie nämlich schon von

einer jungen Dame, von süßen elf Jahren, empfangen. Wobei das Wort empfangen hier wohl eher fehl am Platz ist. Das Wort (aus)lachen passt viel besser ins Konzept. Das kleine Mädchen, welches ein großes Paket in der Hand hält, heißt Kaja und ist Lilyas kleine Schwester. „Wolltest du wirklich SOO die Tür öffnen? Peinlich!", verspottet sie Lilya. „Guten Morgen, du frühzeitig pubertierendes Monster ...", erwidert diese müde. „Hey!! Jemand, der mit 21 noch nicht aus der Pubertät raus ist, sollte sowas nicht sagen", unterbricht Kaja. „War also nur der Paketdienst?" „Gut beobachtet. Kannst du mir das vielleicht abnehmen? Ist genauso schwer, wie es aussieht." Lilya streckt ihre Hände aus: „Wieso hältst du es überhaupt noch?" „Ich will's aus dem Fenster werfen, ist für unseren Nachbarn Ston." „Wenn das so ist." Sie zieht noch ihre Schlafmaske vom Kopf und greift nach dem Paket. Ach nein„ sie täuscht nur an. Anstatt ihrer Schwester zu helfen, zieht sie IHR die Schlafmaske über: „So viel, wie du jetzt siehst, so hoch ist die Wahrscheinlichkeit, dass du dieses Paket durch unser Fenster schmeißen wirst. Klar, er hätte es verdient, aber das Fenster ist es nicht wert." „HILFE, wir kommen zu HILFE", ruft plötzlich jemand ein paar Meter weiter. Lilya und Kaja drehen sich um. Natürlich sieht die eine mehr als die andere. „Am besten ignorieren wir sie einfach ...Ohhhh! Das Paket ist gar nicht mehr so schwer", erleichtert und entlastet lächelt Kaja, da sie nun tatkräftige Unterstützung bekommt. „Letztes Mal haben wir ihn mit Wasserbomben beworfen, jetzt wirds Zeit für die nächste Stufe", ihr kleiner Bruder Jiro, der gerade einmal ein Alter von fünf Jahren erreicht hat, ist hin und weg von Kajas Idee: „Lasst es uns auf sein Auto werfen, dann wäre Lilya bestimmt auch mit dabei!" Gibt Jiro's Zwillingsbruder Zenji sein Bestes, Lilya zu rekrutieren, und spielt auf eine erlebte Geschichte mit Mr. Ston an. Die „Parkplatzstory" ist der Renner in dieser Familie. Die beiden eineiigen Zwillinge sehen aus wie klein Lilya als Mann (grüne Augen, glänzende Haare) und glotzen ihre Schwerster wie ein ... Auto an. „Was?? Ihr habt mich immer noch nicht von eurem Plan überzeugt!" Ihre Arme verschränken sich, die Brüder bekommen Angst: „... Ähm ... Wir müssen doch gleich in den Kindergarten, wieso bist du noch im Schlafanzug?" „SCHEISSE! Sagt das doch gleich!" High-Speed Lilya verschlägt es ins Badezimmer. Zenji rennt ihr nach: „Scheiße sagt man nicht!" Jiro folgt ihm: „Jetzt, wo du's sagst ... ich muss dringend scheißen." „ZIEHT EURE SCHUHE AN!", brüllt Lilya durch die Badezimmertür, „Oh Mann! Kaja, sag doch auch was!!!" „... Lily ... Lily ... LILYA", erklingt eine wortwörtlich erdrückte Stimme. Lilya kommt schnell zurück. „Was sollen wir machen?", sehen die ahnungslosen Kleinen zu ihr auf. „Helft ihr! Aber zieht zuerst eure S-C-H-U-H-E an!!!" Schon verschwindet Lilya wieder ins Badezimmer und schlüpft in ihre Alltagsklamotten. Ohne Zähneputzen, waschen und was man sonst noch so macht, rennt sie wieder hektisch in den Flur und wirft ihre Jacke über: „Fertig? ..." „Bald startet der Abflug! Nur noch wenige Sekunden." „Das Wetter sieht gut für einen neuen Rundflug aus." Anstelle ihre Schuhe anzuziehen, nutzen die kleinen Monsterchen ihre Straßenschuhe als Helikopter. Sie nahmen die Schnürsenkel in die Hand und schwingen diese nun rund umher. Zenji meldet sich: „Hier ist der Helikopter 1, Helikopter 2 bitte melden." „Hier ist Helikopter 3. Was gibt es? (Hä???)?", meldet sich Jiro sofort zurück. Aus Versehen verliert Jiro die Kontrolle über seinen Helikopter und es geht in den Sturzflug. Das bedeutet so viel wie: Der Schuh landet so gut wie in Zenji's Gesicht. „Jetzt ist aber gut", geht Lilya gerade noch rechtzeitig dazwischen und gerechtfertigt fast an die Decke: „Ich habe euch gesagt, ihr sollt eure Schuhe anziehen ... Wir müssen los. Diese Schuhe waren nicht die günstigsten, also bitte macht keinen Unsinn damit", schimpft sie (noch harmlos) ihre Brüder aus. Die Formen ihr „Helikoptergesicht" in ein „Schmollgesicht". „Du hast nicht gesagt, wir sollen unsere Schuhe anziehen, du hast es uns BEFOHLEN! Ist was völlig anderes. Du hast versprochen, uns nichts zu befehlen und dass wir immer Gemein-sam entscheiden!", weisen die Zwillinge sie zurecht. „Ich stimme ihnen zu", meldet sich auch Kaja wieder zu Wort, nachdem sie es endlich schafft, dem Paket zu entkommen. „Tut mir leid. Ich meinte: Könnt ihr bi-tt-e eure Schuhe anziehen? Ich war nur im Stress, es wird nie mehr vorkommen." „Wirklich?" „Versprochen!" „Hast du auch gestern schon behauptet", flüstert Kaja. Darauf erwidert wird nichts. „Zur Entschuldigung musst du unserem Nachbarn sein kaputtes Paket vorbeibringen, sonst vergeben wir dir nicht." „Du willst mich tot sehen oder? Wenn's sein muss, werde ich das erledigen", nimmt Lily ihre Strafe unzufrieden in Kauf. „Schwesterchen, wir kommen noch zu spät", erinnert Zenji, muss aber noch hinzufügen: „Nicht das WIR ein Problem damit hätten." ... „Wer zuerst seine Schuhe und Jacke anhat UND dazu auch noch angeschnallt im Auto sitzt ... GEWINNT!" Das Wort „gewinnen" reicht aus. Ohne Halt fliegen die Piloten (Zwillinge) zu ihrem Landeplatz (Jacken).

Keiner von ihnen will der Langsamere sein. Ihre Schuhe waren noch nie so schnell an ihren Füßen wie heute. „Haha! Ich gewinne, bin schon fast am Auto." Ein bisschen Provokation darf nicht fehlen ... „Was gewinnen sie denn?", interessiert sich Kaja. „Was sie gewinnen? Nichts. Ich habe gesagt, wer zuerst im Auto sitzt, hat gewonnen. Davon, dass es einen Gewinn gibt, war nie die Rede", rechtfertigt sich Lilya. „Fiiieeesssss. Irgendwann werden deine Tricks nicht mehr bei ihnen ziehen", warnt Kaja. „Wenn es so weit ist, wird es auch nicht mehr nötig sein, sie anzuwenden", denkt Lilya kurz an die Zukunft, welche rosigere Aussichten verborg als es noch vor wenigen Jahren der Fall war. „Vergiss später deine Vesperdose nicht und lauf pünktlich zum Bus. Hab dich lieb." Lilya ist schon auf dem Sprung ins Auto und hört gerade noch so das leise: „Hab dich auch lieb" von Kaja. Unschöne Gedanken drängen Lilya während der Fahrt in den Kindergarten ins Gedächtnis. Mit denen quält sie sich schon seit einer Weile. Es geht um Gedanken wie: „Ich kann es mir einfach nicht mehr leisten. Ich kann meinen Geschwistern nicht bieten, was sie verdienen. Wenn du jetzt nur da wärst. Du wüsstest weiter, du wusstest immer weiter. Sag mir, was ich tun kann. Sprich mir wieder Mut zu. Unsere Geschwister verdienen so viel mehr als das. Sie verdienen ein großes Haus mit Garten, eine Mutter und einen Vater. Wertvolleres als jedes Geld der Welt." Ein paar Tränen kullern heimlich an ihrer Wange entlang. Sie ist ratlos.

Sie kann das Leben von so vielen Personen allein nicht mehr stemmen. Nicht einmal Zeit für ihren Job bleibt mehr übrig, weswegen bedauerlicherweise vor ein paar Tagen ihr Arbeitsvertrag (von ihr) gekündigt wurde.

Kawaki würde gerade auch nichts lieber tun als anfangen zu flennen, denn so wie erwartet, steht kein vollgetanktes Auto inklusive Chauffeur samt Arbeitsmoral vor ihm. Er kommt nicht drauf, warum heute so ein weirder Tag ist. „Die bekommen alle noch richtig Ärger mit mir! Das könnt ihr mir glauben", steigt die gute Laune nicht gerade an. Er kommt auf die einzig sinnvolle Schlussfolgerung:

„Gut, dann bleibt mir ja nur eine Sache übrig. Ich muss selbst zur Arbeit fahren." Er geht nervös zu seinem Auto, kramt seinen vollen Schlüsselbund aus der Hosentasche hervor und eröffnet die Suche nach dem Autoschlüssel. „Vielleicht ist es der Schlüssel? Ne, der ist viel zu klein. Dieser Schlüssel da? Auch nicht! Ich glaube, der ist für meinen Schrank bei der Arbeit. Wie wäre es mit dem?", wird gegrübelt ohne Ende. „Der gehört zum Briefkasten", erkennt er zum ersten Mal einen Schlüssel auf Anhieb. „Wenn ich den schon gefunden habe, sollte ich ihn auch gleich verwenden. Könnte ja sein, dass im Briefkasten etwas drin liegt, was mir Klarheit verschafft. Ein paar Krankmeldungen zum Beispiel." Doch es kommen ihm keine erwarteten Zuschriften, Krankmeldungen, Urlaubsanträge ... entgegen. Sein Kasten ist schier komplett leer. Nur ein einziger Brief wartet, in diesem durchschnittlich großen Kasten, auf ihn. Mit etwas Furcht kramt er ihn heraus. Anstatt sich den Absender anzusehen und darüber nachzudenken, wer den Brief geschrieben haben könnte, öffnet er ihn schnell und liest (bevor er's sich noch anders überlegt). Was soll man sagen ... Noch nie ist ein Mensch so sehr vom Glauben abgefallen: *„Wir bitten Sie, die Wohnung endgültig bis zum 14. November vollständig zu räumen. Eine weitere Verschiebung ihrerseits können wir unter keinen Umständen mehr hinnehmen, da die Interessenten dieser Wohnung langsam die Geduld verlieren.*

Wir wollen auf keinen Fall, dass sie abspringen, deswegen räumen sie so schnell wie möglich!!!"

Heißt es in einer Stelle des absonderlichen Briefes. Erstmal kann Kawaki überhaupt nicht begreifen, was er da gerade gelesen hat. „Bin ich verrückt geworden? Ist das ein schlechter Scherz? Möglicherweise ein böser Traum?", strebt er nach „realistischen" Antworten. „Ich weiß ... bestimmt sollte der Brief gar nicht an mich verschickt werden. Die haben nur einen Fehler gemacht! Sie schrieben ja ‚*eine weitere Verschiebung können wir nicht hinnehmen'*, bedeutet also, sie haben diesen Termin schon einmal verschoben, haben die aber nie getan. Es muss denen ein Fehler unterlaufen sein." Egal wie er die Sache dreht und wendet. Sein Name steht klar und deutlich auf diesem Stück Papier. „Toll! Noch eine Sache zu klären. Wenn das kein langer Tag wird, weiß ich auch nicht. Auf zu Punkt eins: Arbeit." Er kramt wieder seinen Schlüsselbund hervor und sucht weiter nach dem richtigen Schlüssel. Auf dem steht, nur so nebenbei, riesig die Automarke drauf. Eine Person, die nur zwei Schlüssel an ihrem Schlüsselbund hat, ist gerade dabei ihre beiden Brüder im Kindergarten zu verabschieden. „Stellt ausnahmsweise heute nichts an ok? Versprecht's mir! Ihr macht heute doch was soooo Tolles", bittet Lilya ihre Brüder im Wissen, dass sie sowieso etwas anstellen werden. „Wir? Haben wir jemals etwas angestellt?", grinsen beide breit. „Habt ihr Glück, dass ihr so süß seid ... Ich wünsch euch viel Spaß bei eurem Ausflug, ihr redet ja schon seit Tagen davon", wünscht Lilya den beiden wie jeden Tag einen schönen Tag. „Guten Tag! Kommt rein Jungs", ertönt die Stimme einer Erzieherin, deren Aufforderung schneller wirkt, als sie gucken konnte. Die Jungs sind schon längst unauffällig in ihre Gruppe geschlichen und berichten ihrem besten Freund von dem „zerdrücktem Paket" und ihrem tollen „Helikopterflug". Die Erzieherin, die blond gefärbte und offene Haare trägt, schmunzelt Lilya an: „Ich freu mich schon auf das Entwicklungsgespräch später, es gibt einiges zu bereden." Lilya reagiert zögerlich: „Ich freue mich auch schon auf später, aber jetzt muss ich leider weiter. Wir sehen uns dann ja um ... um ..." „Um 16:00 Uhr!", beendet die Erzieherin, zu Lilya's Freude, ihren Satz. Lily hatte den Termin für das Gespräch schon lang nicht mehr im Sinn. Nach dem kurzen Gespräch mit der Erzieherin steigt sie unter Stress wieder in ihr kleines altes Auto ein. Sie hat ausgerechnet an diesem Tag nicht gerade wenig vor. Ihre heutige oberste Priorität ist es, das Grab eines Verstorbenen zu besuchen. Heute vor genau sechs Monaten ist eine Person ihrer Familie durch einen grausamen Unfall tödlich verunglückt. Sie möchte ein paar neue Blumen ans Grab legen und ein bisschen Zeit mit ihm verbringen. Dieses Entwicklungsgespräch war im Gegenzug aber auch sehr wichtig, da sich die Jungs seit dem letzten Gespräch sehr verändert haben. Bei manchen Dingen ins Positive und bei anderen ins Negative. Sie entscheidet sich dafür, dass sie das Grab jetzt besuchen möchte. Sie hat noch etwas Zeit, bevor sie ihren anderweitigen Erledigungen nachgehen muss. Erledigungen wie:

Liste in Lilyas Kopf
(was sie irgendwann (am besten heute) erledigen muss):
- Einkaufen fürs Abendessen und Frühstück
- neue Klamotten für Zenji besorgen (ist grad im Wachstum)
- zur Bank gehen, um Geld für Jiros Fußballverein abzuheben
- Kajas neue Schuluniform abholen (die letzte randalierte sie etwas, besser gesagt verbrannte sie sie)
- ....

Ihren ersten Halt plant sie beim Blumenladen, um die Lieblingsblumen des Verstorbenen zu besorgen. Ein Strauß wunderschöner Lilien.

Der Blumenladen liegt zufälligerweise sogar in der Nähe der Baufirma, welche Kawaki nicht mehr aus seinem Hinterkopf schlagen kann. Sein Weg in die Arbeit wird immer kürzer (denkt er zumindest noch). Gerade tobt weiterhin Verwirrung in ihm und er ist unkonzentriert (was beim Autofahren nicht sehr vorteilhaft ist). Er gibt sein Bestes der Situation entsprechend möglichst die Ruhe zu bewahren. Muss er zwanghaft gerade auch, denn er ist schon seit Ewigkeiten nicht mehr selbst

Auto gefahren. „Oh!? Was für'n Knopf ist denn das? Was passiert wohl, wenn man daran dreht?", nimmt er eine Vielzahl an Dingen in seinem Auto wahr, von denen er absolut keinen Plan hatte. Unabsichtlich öffnet sich das Fenster, irgendwie schaltet sich die Klimaanlage an und die Trennwand zu den hinteren Sitzplätzen fährt hoch. Immerhin fährt er keine Schlangenlinien und ist auf der richtigen Straßenseite. Ja!! Jetzt gerade ist es im klar geworden: „Der Weg??? Wo genau geht es lang? Muss ich schon hier abbiegen?" Das sind eben die Nachteile, wenn man immer durch die Gegend chauffiert wird und nie über den eigenen Arbeitsweg nachdenken muss. „Ich vermisse dich so sehr wie noch nie. Wie war noch gleich sein Name?", strengt er seinen Kopf an.

„W-a-r-t-e! Ist das nicht das China-Restaurant?", holen ihn Erinnerungen von gestern ein. „Da! Der Bücherladen", schmerzt sein Herz wieder. Diese beiden Läden schenken ihm wenigstens ein bisschen Orientierung. Er weiß nun zumindest, er muss umdrehen, da er ja gestern genau hier zu seinem Auftrag zum Bauunternehmen hinlief. Der Sitz seiner Arbeit liegt in der entgegengesetzten Richtung. „Hää??? Vor einigen Minuten hätte doch eine Baustelle vor mir auftauchen müssen? Bin ich einen andern Weg gefahren? Es sieht schon etwas anders aus als gestern oder spinne ich?" Er sucht, ohne zu wissen, wonach er sucht. Voller Gedanken und dennoch gedankenlos verlangt er nicht nur eine Erklärung für die nicht vorhandene Baustelle, sondern auch eine Stelle zum Umkehren. Irgendwie bekommt er es auf dem Parkplatz eines Ladens hin. „Und schon bin ich wieder auf Kurs (glaubt er). Gestern noch bin ich hier wie ein Idiot durchgerannt. Heute fahr ich wie ein Idiot durch die Gegend", nimmt er sich selbst auf die Schippe, da er nicht mehr weiter weiß. „Hier kann ich wenigstens nicht so einfach eine süße Frau umrennen! Warte, dachte ich süß? Ich meinte natürlich nervig." Gestresst schiebt er seinen Gedanken, ich zitiere: „Sie sei süß", auf den ... naja Stress. Weiterhin geht niemand ans Telefon, er bekommt diesen komischen Brief, jetzt muss er auch noch Autofahren und für sich eine Erklärung für das „Süß" finden. Seitdem er seinen Führerschein hat, ist er knappe fünfmal mit einem Auto gefahren. Dann kam bereits Herr Winzten.

„HERR WINZTEN!", trifft Kawaki die Erleuchtung. „Genau, er heißt Winzten. Wie konnte ich das vergessen?" Im Zuge seiner Erleuchtung schaltet er sein Radio an. „Seien sie stolz auf mich, Herr Winzten. Diesen Fehler werde ich nie wieder begehen", strahlt Kawaki erstmals an diesem Tag. Klar denkt er gerade an den Vorfall mit der Baustelle und Carols Gelaber von wegen: „Man solle immer das Radio laufen lassen." Es war auch geradezu vorhersehbar, dass in diesem Augenblick ein superromantisches Lied läuft. Doch er hörte es noch nie: „Ist das ein neues Lied von Romy?" Ist er in Wahrheit doch ein heimlicher Fan von Romantik? Sieht nicht so aus. Er schaltet einen Sender weiter, um sich die neuesten News anzuhören. Die Lautstärke dreht er auf gefühlte 100, sodass nicht nur er die Nachrichten hört, sondern alle Menschen die an seinem offenen Fenster vorbeilaufen:

„Die Sängerin Romy wurde am gestrigen Tag tot in ihrer Wohnung aufgefunden. Die Verantwortlichen für diesen Fall gehen von einer Überdosis aus …"

„WAS?", Kawaki verschluckt fast seine Zunge vor Schreck, „Nein … Niemals …" Ein weiteres Lied dieser Sängerin kommt nach diesen schlimmen Nachrichten auf. Kawaki schaltet schnell auf einen anderen Sender, sonst fließen die Tränen. „Was geht so auf dem Sender??" Die neusten Wetterberichte werden kundgegeben. Bis plötzlich …, heftige Schlagzeilen auf ihn warten. Heftig = alles andere als gut. Es ist **schrecklich**.

Nach dem schrecklichen Einsturz des erst kürzlich eröffneten RW warten wir immer noch auf eine gute Erklärung, wie es zu diesem fatalen Unglück kommen konnte. Eingestürzt ist das Gebäude mithilfe eines Windsturms, welcher allerdings bei einem so neu erbauten Gebäude wie diesem, keine Auswirkungen gehabt haben dürfte. Erst recht, da es in einer Region gebaut wurde, wo es des Öfteren stärkere Windböen gibt. Zur Verantwortung soll die Baufirma Benew und die kooperierende Ingenyours Company gezogen werden. – Kawaki läuft ein kalter Schauer über den Rücken. „Das kann doch nicht wahr sein ... Ingenyours Company?" Er übersieht beinahe ein Auto vor Schreck.

Die Company und die Baufirma müssen in Kürze vor Gericht erscheinen und müssen darum beten, nicht verklagt zu werden. Sie geben weiterhin an, dass es ein Baufehler war und mit der Struktur und den Materialien nicht in Verbindung steht. Der Leiter der Ingenyours Company, Mr. Chabi, wurde bereits fristlos gekündigt. Denn er hat zugelassen, dass anscheinend mehr Wert auf das Geld gelegt wurde als auf die Sicherheit. Viele weitere Mitarbeiter werden auf Vorsatz dieses Vergehens geprüft.

„Ich muss vielleicht vor Gericht??? Wie konnte es dazu kommen? Die Company hatte doch noch nie so einen riesigen Auftrag. Den ersten großen Auftrag wollte ich gestern erwerben ..." Nicht ein Stück kann Kawaki diese Infos nachvollziehen und kommt diesen Anschuldigungen gar nicht mehr hinterher.

Die Anzahl der bis jetzt bestätigten Todesfälle ist noch nicht bestätigt. Schätzungsweise müssen um die 230 Menschen tödlich verunglückt sein. Bis jetzt ist noch unklar, inwieweit diese Schätzung mit der Wirklichkeit übereinstimmt. Unter den Trümmerhaufen werden immer noch unzählige Leichen gefunden. Viele bereits bestimmt Verstorbene wurden noch nicht aufgefunden und auf Grund dessen „nur" als vermisst gemeldet.

Und als es im Radio lautet: *„Morgen am Samstag, den <u>4. November 2025</u>, werden wir sicherlich viele weitere Information zu diesem Thema preisgeben können."* „Vierter ... viert ... vierter November <u>2000 ... 2000 ... 2025</u>!", starrt Kawaki stocksteif und wie gebannt aufs Radio und achtet kein bisschen mehr auf den Straßenverkehr. Er ist sich sicher, besoffen zu sein, ohne getrunken zu haben. „230 Tote? ... 2025 ..." Diese dunklen Nachrichten sitzen tief in Kawakis Brust, obwohl er dem nicht einmal Glauben schenken kann. Ihn überkommt dasselbe Gefühl, wie in seinem Albtraum letzte Nacht. Es schaudert und schüttelt ihn. „War es vielleicht doch kein Traum? Ist wirklich ein Gebäude eingestürzt? Wegen mir??" Es ist unerklärlich, wie all das über Nacht passieren hätte sollen, doch eins ist klar. Es macht ihn fertig. So fertig, dass das folgende Szenario schon vorprogrammiert war. Es kommt, wie es bei einem abgelenkten, mehr als nur schlechten Autofahrer kommen musste. Es macht „BUMMM ..." Ein lauter Knall ertönt. Kawakis kleiner Zusammenbruch lässt ihn eine rote Ampel übersehen. Voller Karacho fährt er mitten in ein schon sehr altes, kleines, bereits sehr heruntergekommenes Auto. In ihm eine Person, die gerade illegalerweise auf ihr Handy schaut und die Nachricht erhält: „Wer ich bin? Ich bin es ..."

Kapitel 2

Hier und doch woanders

2.1

Kawaki öffnet vorsichtig seine Augen. Was soll man sagen ... er scheitert kläglich daran. Denkt er zumindest für einen kurzen Augenblick. Bis er schließlich merkt, dass seine Augen schon längst weit offen stehen. Sehen kann er dennoch absolut nichts. Es ist nicht so, wie wenn man im Alltag kurz die Augen schließt. Im Gegenteil, es ist hell. Es ist so hell, dass sein Gehirn für einen noch so kleinen Augenblick dachte, es sei dunkel. Man kann es mit einem direkten Blick in die Sonne vergleichen. Denn wenn man direkt in die Sonne schaut, sieht man genauso wenig wie mit geschlossenen Augen. Der Unterschied besteht darin, dass, wenn man direkt in die Sonne blickt, die Augen anfangen zu brennen. Kann er hier nicht behaupten ... Seine Augen fühlen sich einwandfrei an. Seltsamerweise schmerzt ihn kein Körperteil. Von den Augen bis zu den Füßen fühlt er sich eher so, als käme er gerade frisch aus dem Urlaub. Es ist zu alledem auch noch sehr warm ... Mitte November? Kawaki, dem diese Sachen im Bruchteil einer Sekunde auffallen, traut sich nun ein paar Schritte nach vorne. Nur um zu testen, ob er überhaupt noch laufen kann. Denn wer weiß. Wer keine Körperteile mehr hat, kann auch keine mehr fühlen. Nach dem Laufversuch scheint er erleichtert. „Doch noch alles dran", wischt er sich den Schweiß von der Stirn, da ihm immer heißer wird. Die weiteren Schritte verlaufen völlig ohne Probleme (auch ohne Sicht). Er stößt nirgendwo dagegen, verspürt trotz seines Unfalls keine Schmerzen und dazu herrscht auch noch eine absolute Stille. Keinerlei Geräusche sind wahrzunehmen. Keine Menschen, kein Tier und auch kein Fahrzeug. Einfach nichts. Diese Situation wird immer beängstigender, doch gleichzeitig auch immer befreiender. Alle negativen Gedanken, die sich durch den heutigen Tag anstauten, sind für diesen Moment der Stille völlig vergessen. Bis er damit anfängt, sich Fragen zu stellen. Fragen, die in etwa so lauteten: „Ist das jetzt mein Ende? Fühlt sich so der Tod an?" Er beginnt damit, die schönen Gefühle von Wärme und Ruhe wieder durch ein Gefühl der Furcht (vor dem Ungewissen) zu ersetzen.

Die Bilder vom Unfall springen ihm in den Kopf und bringen ihn zurück auf den Boden der Tatsachen. Der Unfall geschah gerade mal vor ein paar Sekunden. Er ist möglicherweise gestorben und ließ mit seinem Ableben, seine Probleme und Chancen auf der Erde zurück. Allein der Gedanke an das Letzte, was er sah (ein altes klappriges Auto), macht ihn fertig. Er wollte und will so viel mehr erreichen. Plötzlich wird ihm kalt, seine Nackenhaare stellen sich auf und keine Form von Wärme bleibt in ihm zurück.

Das helle Licht vor seinen Augen wird immer mehr zu einem schwarzen: „Schlimmer kann es nicht kommen." Diese Meinung ändert sich schnell, als er beginnt zu realisieren, dass er höchstwahrscheinlich nicht nur sein Leben beendete, sondern auch das eines Unschuldigen. „Oh mein Gott, bin ich jetzt ein Mörder?! Niemand wird mit einem Mörder Geschäfte eingehen", kommt er trotz des Wissens, gerade das Leben eines Menschen gefährdet, wenn nicht sogar beendet zu haben, um den Gedanken an seinen Job nicht herum. „Ich kann dich beruhigen. Du bist nicht nur ein Mörder, sondern auch ein kompletter Vollidiot. Ein Idiot, der nicht Auto fahren kann. Wer hat dir 'nen Führerschein gegeben? Wenn du mit dieser Unfähigkeit nur dich gefährden würdest, dann Ok, aber du ... DU", gerät eine aufgebrachte Frauenstimme ins Stocken. Wie wir bereits wissen, sind Entschuldigungen nicht so Kawakis Ding: „Was fällt dir ein? Einen offensichtlich toten Mann so zu erschrecken?" Das Wort „fassungslos" ist nicht ausreichend, um ihr Gefühl zu beschreiben. Kawaki bleibt jetzt lieber still … natürlich bleibt er es nicht: „Wenn du Gott bist, vergiss bitte, was ich gerade gesagt hab und bring mich lieber schnell zurück auf die Erde, sonst komme ich noch mehr aus meinem Zeitplan. Ich schulde dir dann natürlich etwas. Nimmst du es bar oder soll ich mit Karte zahlen?" Ist es für Scherze nicht etwas zu früh, Kawaki? „Tauchst einfach so aus dem Nichts auf …" Da er nach wie vor nichts sehen kann, spricht er absolut nicht in die richtige Richtung „Warte … Bist du etwa die Frau, welche mit einem bestimmt lange abgelaufenen TÜV-Auto herumfährt, dann würde ich dir empfehlen sich an die eigene Nase zu fassen", überträgt er absichtlich oder unabsichtlich die Schuld des Unfalls auf die Frau. Sie fühlt sich kein Stück verantwortlicher durch seine Worte und entgegnet hemmungslos und schlagfertig:

„Wenn ich Gott wäre, würde ich mich spätestens jetzt dazu entschließen, SIE in die Hölle zu verbannen." „Na was Sie nicht sagen. Schön wär's! Dann müsste ich Ihr Gelaber nicht ertragen!!!! Gott wäre mir um einiges lieber gewesen als Sie, was rede ich da, sogar der Teufel", extra laut beginnt er zu lachen. „BITTE? SIE! AUSSCHLIESSLICH SIE haben mich doch so voll getextet von wegen TÜV blablabala." Entsetzter gehts fast nicht mehr. „Verziehen Sie sich doch einfach, wenn Sie meine Entschuldigung nicht akzeptieren können", redet er weiterhin bloß Müll daher. „Ab jetzt haben Sie sich mit noch keinem Wort bei mir entschuldigt. Es beruhigt mich aber zu wissen, dass SIE das Wort Entschuldigung überhaupt kennen. Wissen SIE was … eine Entschuldigung ist gar nicht nötig, SIE haben ja nur mein Leben zerstört", platzt die (in die entgegengesetzte Richtung zu Kawaki stehende) Frau gänzlich vor purer Wut. „Sie sollten sich lieber bei mir bedanken. Bei so einem Fahrzeug kann man ja fast nur ein beknacktes Leben geführt haben", überschreitet Kawaki die Grenzwertigkeit seiner Wortwahl. „Was fällt Ihnen eigentlich ein? Wie können SIE es wagen, so daher zu reden? Sie können sich nicht vorstellen, wie gerne ich mitten in Ihr Gesicht schlagen würde." „Heyy! Tut mir ja leid für Sie, dass ich womöglich ihr Leben ruiniert habe. Doch ich hatte heute einen echt schlechten Tag, wenn Sie also nicht die Fliege machen, gehe ich eben. Sonst gibt es hier ja gleich noch Tote!", spricht der Richter Kawaki die Anklage, sollte es nicht eigentlich andersrum sein? „Ach herrje! Sie hatten einen schlechten Tag … Na dann, sei Ihnen jede Tat verziehen. Ich will Sie nicht noch weiter stören, deshalb werde ich gehen", will die Frau wirklich nichts lieber als weit weg von diesem Typen. „Na geh(t) doch", ignoriert er die Ironie und kommt ihr ein weiteres Mal blöd mit den Worten: „Wenn ich jetzt auch noch was sehen könnte, würde ich Ihnen selbstverständlich den Weg in die Hölle zeigen." Kein Wort kommt mehr zurück. „Sie sind echt schon gegangen? Ohne Verabschiedung? Hätte Ihnen mehr zugetraut … Ich heul gleich!"

Man könnte es der Frau nicht übelnehmen, wenn sie ohne ein Wort abgezischt wäre. Doch weit käme sie ohnehin nicht, denn genau wie Kawaki kann auch sie nicht wirklich etwas sehen. „AUA, passen Sie doch auf, wo Sie hinlaufen!", erklingt es laut vom Boden. „Ohh, Tschuldigung! Hab Sie gar nicht gesehen", mehr als schadenfroh tritt sie „aus Versehen" nochmal gegen ihn. „Deja-vu", denkt im gleichen Zug Kawaki. „Wie konnte ich diese Stimme vergessen? Diese Situation kommt mir bekannt vor … Nur eine Sache hat sich geändert. Jetzt bin ich der am Boden", überlegt er scharf und betont ernst (etwas zu ernst): „Danke, dass Sie mir beim Aufstehen helfen wollen …" „Wie soll ich Ihnen aufhelfen? Sie liegen doch nicht am Boden, die Betonung liegt auf Ihnen", kann auch endlich die Frau ihre übermäßig schlechten Jokes auspacken. Derweil kann Kawaki nicht kapieren: „Wie kann sie mich nicht erkennen? Kann sie sich wirklich nicht an mich erinnern? Vielleicht tut sie nur so? Mein Auftritt gestern war viel zu gut, um ihn zu vergessen. Vielleicht erinnert sie sich nicht so gut an meine Stimme, sondern eher an mein Aussehen. Nein … Macht keinen Sinn, ach, was weiß denn ich. Bestimmt stellt sie sich dumm." Er entschließt sich, zu fragen: „Sag mal, kennen wir uns? Naja, kennen eher nicht, aber sind wir uns schon mal begegnet?" Er ist auf einmal so ruhig … man könnte tatsächlich meinen, das Ereignis von gestern tut ihm vielleicht doch irgendwo in seinem kleinen Herzen leid? „Was faselst du da? Als ob ich in meinem Leben frei-will-ig, Kontakt mit so jemandem wie Ihnen zugelassen hätte!" Missgünstig sieht sie auf die Seite. „Sag mal, könnte es sein, dass auch Sie Dunkelheit vor Ihrem Auge haben?", stellt Kawaki die unnötigen Neckungen gegenüber der Frau ein. „Sonst kommen wir ja nie weiter." „Nein. Vor meinem Auge scheint ein helles Licht, jedoch wird es schwächer und ich kann langsam wieder etwas erkennen. Ich kann zum Beispiel schon Umrisse sehen und Mann, Sie sollten echt mehr essen, sie sind so dünn wie ein Strich. Wo sind Ihre Muskeln?" Wird die Frau immer mehr wie Kawaki? Dieser geht auf das „du so dünn wie ein Strich" gar nicht erst ein und teilt ihr einfach nur gelangweilt mit: „Ich sehe auch ein paar Umrisse ... Ich, ich." Wie ein Schleier fällt das schwarze Bild vor seinem Auge hinab. „Ich gla-glaube unsere Augen gewöhnen sich an ... Heyy!! Sie sollten lieber etwas weniger essen", lachte er schelmisch über eine Frau, welche fast schon dünner wie ein Strich zu sein scheint. „Sie sehen mich doch nicht mal an, na komm, drehen sie sich um und blicken sie mir in die Augen ... Entschuldigen sie sich von Angesicht zu Angesicht." Kawaki blickt auf einen regnerischen Himmel, abgestorbene Blumen und Häuser, die wie Ruinen aussehen.

Er zögert also nicht einmal eine Sekunde und dreht sich um. Was er nun sieht, ist um einiges schöner. Er erkennt diese Frau sofort wieder, ihre braunrötlichen, schulterlangen Haare, ihre grün funkelnden Augen, ihre schmale Statur ... Aus all diesen Dingen entnimmt er ein ersichtliches Detail: Diese Frau ist überwältigt. Ob negativ oder positiv. Er hatte keine Ahnung, aber er weiß, sie sieht gerade etwas, was wahrscheinlich auch ihn selbst überrollen wird. „Bitte sei hell, bitte sei positiv, bitte positiv, BITTE", betet er leise (innerlich schreiend), während sein Blick sich ihrem Blick angleicht. Seine Augen schauen wieder auf das Ungewisse ... Doch wo sind die Ruinen? Er sieht auf etwas Altes, aber in einer ganz neuen Sichtweise. Ihm kommt, sowie augenscheinlich auch ihr, bekannt vor, was er dort vor sich hat. Etwas, das für ihn immer schon wunderschön war, doch jetzt in diesem uneingeschränkten Sichtfeld, wie ein Traum erscheint.

Sie stehen vor einem sehr großen Baum. Dieser märchenhaft schöne Baum, bestückt mit atemberaubend schönen Kirschblüten, reicht bis in die Wolken. Er steht auf einer blumenbesetzten endlos erscheinenden Wiese. In der Luft liegt der Geruch von Zuckerwatte, von Glück, von Spaß. Die Vögel zwitschern ein Lied vor sich hin und das Gefühl des Erblühens, der Unbeschwertheit streicht sanft die Haut. Es ist eindeutig. Der Geschmack des Frühlings liegt in der Luft. „Ich kenne diese Wiese. Hier fand doch immer das Frühlingsfest statt", erkennen die grünen Augen von LILYA (klar) auf Anhieb. „Stimmt, jetzt wo du's sagst. Als Kind war ich sehr oft hier. Das waren noch Zeiten." Voller Nostalgie geht Kawaki einen Schritt auf den Baum zu. Hier verbrachten sowohl er als auch Lilya immer eine schöne Zeit mit Familie und Freunden. „Findet das Frühlingsfest denn überhaupt noch statt?", sieht er fragend zu Lilya, welche ihn das erste Mal richtig betrachtet: „Ja, aber es ist schon lange nicht mehr, was es einmal war." In ihren Augen spiegelt sich Bedauern wieder. Nach dem kurzen, doch schönen Moment der kleinen Zeitreise merken die beiden etwas. Sie starren die ganze Zeit schon wie gebannt, nur auf den sogenannten „großen magischen Kirschblütenbaum". „War er schon immer sooo mächtig oder kommt es mir nur so vor, weil ich selbst nicht mehr klein bin?", fragt sich Lilya. „Hab ich mich auch schon gefragt. Ist er nicht noch gewaltiger geworden? Früher hat er über dem ganzen Frühlingsfest gestanden, jetzt steht er über der kompletten Welt", bestätigt Kawaki. Dieser Baum war immer so etwas wie das Zentrum des Festes. Zu dem Baum wurde jedes Jahr aufs Neue gebetet, da er sehr verehrt wurde und auch weiterhin wird. Es war nur dieser eine Baum, der früher ein Wegweiser für viele darstellte. Fazit: „Der war auf jeden Fall schon kleiner." Kawaki freut sich, diesen Baum wieder zu sehen, doch dieser ständige Tapetenwechsel (ihr wisst schon, dunkel, hell, Ruine, Baum) lässt ihn nicht los. Lilya kommen durch diesen Anblick Tränen. Tränen der Freude. Sie erinnert sich an die Entstehungsgeschichte dieses Baumes. Diese hatten ihre Eltern ihr, quasi jede Nacht vor dem Schlafengehen, immer wieder erzählt:

Dieser Baum hatte die Menschen, die dieses Stück Land vor langer, langer, langer Zeit entdeckten, mit den Kirschen, die er trug, am Leben erhalten. Dies waren Flüchtende und vor allem arme Menschen, die zufällig im tiefsten Winter aufgrund eines Schneesturmes eine Pause mitten in einer weißen Schneelandschaft einlegten. Der Schnee war eine Behinderung und gleichzeitig das Einzige, was sie zu sich nahmen. Jeder von ihnen war am Ende. Viele standen kurz vor ihrem Tod, andere hatten ihn schon hinter sich gebracht. Doch an dieser Stelle sprießte wie durch ein Wunder etwas aus der Erde. Etwas, das innerhalb weniger Sekunden gedieh und schon erste Früchte trug. Zu einer Jahreszeit und in einem Tempo, in dem dies eigentlich gar nicht möglich ist. Mit dem Kommen des Baumes schmolz die hohe Schneedecke. Sonnenstrahlen traten hervor und der Frühling klopfte an die Tür. Wie durch ein Wunder überlebten ein paar vor dem Hungertod stehende Flüchtlinge und diese errichteten, zu Ehren des Baumes, ein Dorf, welches immer mehr bevölkert wurde.

Das ist es, was Lilya und Kawaki in diesem Moment spüren. Die Chance auf Leben, der Geruch der Neuanfänge. Wie komisch, wenn man bedenkt, dass die beiden gerade vermutlich gestorben sind. Dieses Gefühl ist irgendwie schon zu gut, um wahr zu sein. Eine Weile lang, ohne dass auch nur einer von ihnen ein Wort rausbringt, klotzen sich Lily und Kawaki an. Sie hängen in Gedanken fest. So fest, dass sie erst eine Weile später bemerken, dass diese schönen Gefühle bereits verzogen sind. Wie auf einen Schlag ändert sich alles. Eine Gänsehaut breitet sich bei den beiden aus. Sie bemerken es zeitgleich, Schlag auf Schlag, und ihre zufriedenen Augen ändern sich in verwirrende Blicke, die überall umher wandern. Der Geruch von Zuckerwatte wandelt sich um in den von Rauch. Das Glück wird zum Leid. Der frische Duft des Frühlings ändert sich schlagartig zu dem der Verwesung. „... Was ist das? Ich fühl mich auf einmal so leer, so als wäre ich gerade g-g-g-estorben", stottert Lilya so wie nie zuvor. „Das sind wir gerade, das sind wir", zittert Kawaki aufgrund von Furcht, aber auch aufgrund der radikal herabsinkenden Temperatur. Eine blaue Flamme lodert plötzlich vor ihrem inneren Auge. Der gerade noch wunderschön erblühende Kirschbaum ist dabei zu verbrennen. Er wird kleiner und kleiner. Äste fallen hinunter, die Vögel verschwinden. Alles fließt den Bach runter. Kawaki springt wie aus dem Nichts zur Seite und schreit: „AAAAHHHH!" Lilya schreckt auf und huscht aus Reflex ebenfalls zur Seite. „HAST DU DAS GESEHEN?", gibt Kawaki einen zweiten, etwas informationsvolleren Hilfeschrei von sich. „Sorry, ich hab nichts gesehen. Ich bin und war etwas zu sehr mit meiner abfackelnden Kindheit und meinem vor Schreien abfallenden Ohr beschäftigt", streckt Lilya ihren Zeigefinger auf den Baum und als sie sich zu Kawaki hindreht, kippt sie dabei fast aus ihrem Verstand, der das Gesehene nicht erklären kann. Sie erblickt ihr Auto, welches jetzt völlig hinüber ist. Sie sieht den Wagen von Kawaki, der nicht einmal im Ansatz mehr als Auto identifizierbar ist. Sowohl der Krankenwagen als auch die Polizei sind anwesend. Die Menschen dort verfallen alle miteinander in Aufruhr. „Was? Woher kommt das all-" Lilya nimmt nicht nur den Unfall wahr. Sie sieht auch auf einen, an ihr herumfummelnden Kawaki herab??? „Fass mich an", beginnt es sich so anzuhören, als wäre es hier gleich nicht mehr jugendfrei. „WAS FÄLLT DIR EIN? Perverser!", wirft sie ihm schon vor, ein Perversling zu sein. „Vertrau mir, ich habe nicht die Absichten, die du denkst", startet er hoffentlich mit einer guten Erklärung. Doch in diesem Augenblick läuft ein Feuerwehrmann geradewegs durch Lilya hindurch und jene Erklärung wird überflüssig. „AcH dU ScheISsE! Hast du das gesehen???"

„Sorry, ich hab nichts gesehen. Ich war etwas mit dem durch MICH DURCH fahrenden FEUERWEHRAUTO beschäftigt." Beide glauben, den Verstand zu verlieren. „Sind wir Geister oder so? Ist das gerade wi-rklich passiert? Ist da wirklich gerade ein Mensch durch mich hindurchgelaufen? HAST DU DAS GESEHEN?", können sie es weiterhin nicht glauben. Den beiden kommt es so vor, als gingen immer mehr Menschen durch sie hindurch. Das Verrückteste daran ist, dass die beiden sich nach den nächsten paar Personen schon leicht daran gewöhnt haben ... Gruselig, oder nicht? Sie sind zumindest wieder zu logischem Denken fähig. „Wieso können wir uns gegenseitig hören, aber die Sirenen, die Menschen, diesen verdammten Helikopter dort oben nicht?", fragt Lilya gerade bei dem Typen nach, der gerade tatsächlich versucht, seine Hand durch ihren Kopf zu stecken (was im Übrigen nicht funktioniert hat). „Woher willst du wissen, dass sie uns nicht hören können?", hakt er nach. Woraufhin Lilya feststellt, dass bei ihm alles wieder gut sein muss. „Toll! Ich bin tot, niemand außer ein Vollidiot hört oder sieht mich, durch mich laufen Menschen und ich stehe vor meinem geschrotteten Auto." „Toll, oder? Schau dir doch MEIN Auto an, was soll ich da sagen? Mein schönes Auto!", ärgert sich Kawaki über sein geschrottetes Auto (vor allem aber auch über das „Vollidiot"). „Ist doch deine eigene Schuld", denkt sich Lilya, spricht es jedoch lieber nicht laut aus. Sie spricht lieber etwas anderes, was ihr aufgefallen ist, an: „Schau! Die Lippen der Menschen bewegen sich. Wieso hören wir sie nicht? Sag mal, hast du eben etwas gespürt? Ich nicht wirklich." „Jetzt, wo du es sagst, außer der unangenehme Gedanke daran, dass etwas durch mich hindurchgeht, spürte auch ich nichts mehr ... Mein teures Auto. Mein wunderschönes, unersetzbares Auto", hängt Kawaki noch an dieser Stelle fest und vergisst wieder, was ihn Lilya eben fragte. „Oh Shit." Kawaki rennt, ohne zu zögern, los in Richtung Auto. Möchte er es nochmal aus der Nähe betrachten? „Heyy, bist du dumm? Wieso läufst du dort hin? Dass dein Auto nach einem Unfall beschädigt ist, muss ja wirklich ein Wunder für dich sein! Wenn es dir so wichtig gewesen ist, hättest du besser aufpassen sollen", atmet Lilya schwer, da sie Kawaki, so schnell sie konnte, hinterher taumelte.

„Wieso mussten wir jetzt so rennen? Oder besser, wieso bin ICH außer Puste und du nicht einmal ansatzweise? Warte! Ich atme ja noch!", stellt sie überrascht fest. Das bringt Kawaki auf eine entscheidende Frage: „Wo sind wir? Wo zur Hölle sind wir?" Die von einem Sanitäter ausweichende Lilya weiß erst nicht recht, was sie auf diese bizarre Frage antworten soll. Schließlich fragt sie ihn: „Hä? Wieso tust du auf einmal so, als wüsstest du nicht, wo wir uns befinden?" Kawaki versucht sich nicht nur mit Worten auszudrücken, sondern auch mit seiner Gestik. „Nicht wo WIR gerade sind. Irgendwie ja schon, wo WIR gerade sind. Also nicht wir, WIR, sondern unser anderes WIR. Unser verletztes Wir …", verwirrt er Lilya mit den WIRS nur noch mehr. „WELCHES ANDERE WIR??? Was faselst du da für einen Dreck?", reißt langsam ihr Geduldsfaden. „Unsere Leichen", flüstert er. „Wieso flüsterst du so? Sag das doch gleich? Also hier sind wir schon mal nicht mehr!" Die Antwort fand Kawaki überraschend … ähm … lässig … Er guckt rüber zu seinem Auto: „Ich schau noch mal genau in meinem Auto nach!" „Da bist du doch offensichtlich nicht mehr", redet sie wie gegen eine Wand, denn Kawaki ist bereits auf dem Weg. Er ruft zurück: „Schau auch in deiner Schrottkarre nach!" Lilya geht auch zu ihrem Auto, auch wenn sie weiß, sie wird nicht mehr in ihm drin liegen. Sie spannt wie ein Spanner durch ihre eigene Scheibe und findet natürlich nichts weiter vor, als ein beschädigtes Auto und den Gedanken: „Wenn ich gewusst hätte, dass ich als atmender Greis mal durch meine Autoscheibe schaue." Sie haucht die Autoscheibe an, diese beschlägt sogleich. Zurück bei Kawaki meint sie arrogant: „Hätte ich dir gleich sagen können." „Ja, ja. Sei still, ich muss nachdenken", verdeckt er mit seiner Hand ihren Mund. „Es ist nicht mehr da. Es ist nicht mehr unter dem mittleren Sitz, ganz hinten. Ausgerechnet das. Mein einziger, wirklich wertvoller Besitz." Lilya schiebt die Hand von ihrem Mund: „Du willst wirklich zweimal sterben, oder? Was ist es, worüber du so stark nachdenken musst?" Kawaki sucht schnell eine Ausrede: „Ich überlege natürlich, wo unsere Körper liegen." „Dein Ernst? Checkst du's immer noch nicht? Wie bist du reich geworden? Reiche Eltern nehme ich an … Bist du so dumm oder tust du nur so? Quizfrage: Wo kommt jemand hin, wenn er gerade einen Unfall hatte?"

Kawakis Frechheit färbt immer mehr auf sie ab. „Frag nicht so blöd, natürlich ins Kr-an-ken-haus, du wusstest es bis eben doch genauso wenig!", machte es eigentlich schon längst Klick bei ihm, aber er wollte ja nochmal zum Auto, deswegen „erwähnte" er es halt erst jetzt. „Wer zuerst beim Krankenwagen ist, muss, falls wir jemals wieder leben, nicht den Krankenhausaufenthalt und den Einsatz des Krankenwagens bezahlen", schlägt Kawaki, wie er halt ist, vor. „Ist es nicht etwas unmoralisch, ein Wettrennen zu seiner eigenen Leiche zu veranstalten? Außerdem bin ich wirklich die Letzte, mit der man um Geld wetten sollte", schreit sie ihm hinterher. Er ist bereits am Krankenwagen angelangt. Er hat zwar Geld, ist aber trotzdem zu geizig dafür, den Unfall, den er (wir halten es nochmal fest) verschuldet hat, zu bezahlen. „NICHT FAIR! Du bist viel früher losgerannt als ich!" Kawaki reagiert nicht einmal mit einem kleinen Zucken auf ihre Klage. Auch in dieser schlimmen Situation verlieren die beiden, wie man merkt, nicht den Ehrgeiz, welchen sie schon als Lebende unterschiedlich einsetzten. „Du bezahlst trotzdem, du bist ja auch schuld", bestimmt Lilya. Kawaki reagiert nur mit einem schockierenden Gesicht. Liegen sie etwa dort? Ja … An einem Atemgerät angeschlossen, an fast keiner Stelle ihres Körpers nicht blutend. Kawaki kontrolliert als Allererstes, ob bei ihm überhaupt noch alle Körperteile dran sind. Lilya unternimmt nichts, als sie sich da so liegen sieht. Ihr schießen ganz andere Dinge in den Sinn wie ihrem Leidensgenossen. Sie macht sich zum ersten Mal Sorgen um ihre Geschwister. Wieso jetzt erst? Möglicherweise, weil sie ihren Tod nun wirklich vor Augen hat. Das ihre Geschwister vielleicht in ein Heim müssen oder voneinander getrennt werden, ist für sie die schrecklichste Vorstellung aller Zeiten. Sie haben schon so viele ihrer Familienmitglieder verloren. Sie möchte diese beschissene Reihe der Sterbenden nicht weiterführen. Ihre kleine Schwester und ihre kleinen Brüder nie wieder zu sehen oder nie mehr in ihre Arme zu schließen, wäre … Nein! „Ich komme wieder zu euch und wenn nicht …", kippt der Gedanke und läuft zu etwas Positiverem über: „Vielleicht sehe ich hier meine Eltern." Kawaki zieht sie kurzerhand aus ihrem kleinen Loch. „Wir scheinen noch zu leben", murmelt er. „Woher willst du das wissen? Haben dir das die Ärzte, die wir nicht verstehen können, verraten?" Sie ist sich nun sicher, es ist aus und vorbei. „Dieses Gerät zeigt doch an, dass wir beide noch einen Puls haben", stellt er klar. „Das EKG? Du hast recht, laut ihm sind wir nicht tot. Wir atmen ja auch noch, aber was läuft dann hier gerade?", bringt sie wieder eine alles entscheidende Frage auf. Ob diese Frage je beantwortet wird? Kawaki schießt ein Geistesblitz durch den Kopf. Er sucht nach einem Stift und wenn er noch Papier fände, wäre es perfekt. „So können wir vielleicht Kontakt mit den Ärzten hier aufnehmen. Wie in einem Gruselfilm", erzählt er überzeugt von seiner Idee. Sowohl er als auch Lilya gehen auf die Suche, doch warum auch immer war nirgendwo ein Blatt, eine Diagnose, nicht einmal ein Stift aufzufinden. Als sie eine Schublade öffnen, werden sie fündig. Sie finden einen blauen Kuli inmitten eines bereits geöffneten Mäppchens. „Den Kuli haben wir schon mal, fehlt bloß noch ein Blatt. ODER", kündigt sie groß an, lässt es dann aber doch wieder sein. „ODER was?" Sie sträubt sich davor, es auszusprechen. Alles gerade ist unheimlich, wirklich genauso wie in einem Gruselfilm. Ihr fällt auf, dass sie sehr nah bei sich steht. „Unheimlich", schüttelt es sie. „Ok also gut … Vielleicht schreiben wir etwas auf unsere Körper und sie werden so auf uns aufmerksam." „Keine schlechte Idee", gibt Kawaki zu. „Probier's aus … Ob du den Stift überhaupt richtig anheben kannst?" Gesagt getan. Kawaki probiert es aus und es funktioniert. „Ob der Stift für die gerade schwebt?", interessiert Kawaki. „Probier's!" Er fuchtelt mit dem Stift vor den Augen der Ärzte herum. Keine Reaktion. „Ist der blind?" „Ich hoffe nicht, dass ein Blinder an meinem blutenden Körper arbeitet", gibt Lilya auf die doofe Frage eine doofe Antwort. „Gib her, ich schreib was auf meine Stirn", reißt Lilya ihm den Stift aus der Hand. Er lässt sich das gefallen, weil er meint: „Macht die eehh ni-". „-Ich bin hier", schreibt sie fett und deutlich auf die Stirn ihres blutenden Körpers. Der Arzt sieht tatsächlich mit an, wie jeder Buchstabe auf Lilys roter Stirn entsteht. Klar ist, er flippt selbstverständlich völlig aus. „Wiieee…? Hab ich Halluzinationen? Ich glaube, ich muss zum Arzt." Er rennt schnell aus dem Krankenwagen und möchte die erste Person, die ihm entgegenkommt zu sich holen. Er/Sie soll ihn davon überzeugen, dass dort nichts steht. Zu seinem Glück steht die nächste Person bereits direkt vor dem Krankenwagen.

Der Arzt zieht sie hinein. „CAROL, ohhh Carol … rette mich! Dann wirst du zur Mitarbeiterin des Monats!!", heult er fast schon vor Freude. „Wer ist Carol?", lässt Lilya fragend den Stift fallen. „KAWAKI, OHHH KAWAKI", ist das Erste, was Carol mit Tränen unterlaufenen Augen herausbringt. „SEHEN SIE DAS?", ist der Arzt nicht sehr einfühlsam. „Ist das deine Frau oder so?" „Meine Frau? Sehr witzig. Carol ist meine Managerin. Fast hätte ich sie nicht wiedererkannt. Es ist komisch, sie nicht in ihrer Arbeitskleidung zu sehen. Sie hat ja nicht mal ihre Brille auf. Wenn si-" „Carol sagst du? Die kenn ich doch!" „Du kennst Carol? Woher kennst du Carol?" „Ich hatte gelegentlich mit ihr zu tun." Die beiden diskutieren herum, wieso sie Carol kennt. Sie können ja eh nicht mithören und verstehen, was der Arzt und Carol da bereden. „Wie können sie es wagen, etwas auf die Stirn eines verletzten Menschen zu schreiben. Sie sind ein Arzt? Wie können sie das meinem Chef … besten Freund antun?" „Das war nicht ICH. Das waren Geister." „Geister? Verkaufen sie mich für blöd?" Eine weitere Person taucht abrupt vor dem Krankenwagen auf, brabbelt kurz etwas und schon ist das Geschrei groß.

„Carol? C-A-R-OL- … CAROL! Geh nicht, Carol!! Warte auf mich." Carol huscht schnellstmöglich zu ihrem Auto, springt hinein und fährt, ohne zurückzublicken fort. Kawaki ist so aufgebracht wie ein Kind, wenn es erstmalig für ein paar Stunden von seiner Mutter getrennt wird. Er verspürt einen Hass gegen diesen Arzt, der eigentlich wie ein normaler Mensch reagierte: „Was hast du ihr gesagt? Hast du ihr gesagt, sie soll sich verziehen? Du solltest dich lieber verziehen!", muckt sich Kawaki gegen ihn auf. Dieser zeigt natürlich keinerlei Erwiderung. Er macht bloß die Schiebetüre zu und stützt sich an der Wand ab. Der Krankenwagen fährt los. Jedoch ohne seine blinden Passagiere. Kawaki ist schnell durch die Wände nach draußen gesprungen, um Carol einzuholen, was nicht gerade glatt lief. Carol ist nämlich nicht mehr zu sehen. Nur so am Rande. Der dazugekommene Sanitäter erklärte Carol, dass sie eigentlich nicht zu ihm darf, da sie keine Familienangehörige ist. Demnach macht Carol sich auf den Weg ins Krankenhaus, um ihnen dort etwas einzuheizen und wenn es nicht anders geht auf hoffentlich gute Nachrichten zu warten.

Warten darauf, dass sie die Worte hört: „Er wird es überstehen." Wenn Kawaki das nur wüsste, dann hätte er sich die Flüche, welche er eben auf den wegfahrenden Krankenwagen wirft, sparen können. „BERUHIG DICH ... sei doch lieber froh, dass du jemanden hast, der nur für dich hier aufgekreuzt ist", schreit Lilya ihn auf dieselbe Weise an wie Kawaki den Krankenwagen. „Wir sind geliefert", blickt Kawaki mit sorgenerfülltem Blick in die Zukunft. „Ach ne! Sag bloß. Schön, dass dir das auch aufgefallen ist." Genervt stupst sie ihn an und mit verdrehten Augen spricht sie: „Das Arschloch in dir hat mir besser gefallen als die pessimistische Heulsuse." „Vielen Dank auch", lacht er schon halb über sich selbst, da ihm dieses kindliche Verhalten bisher selbst verborgen blieb. „Ich wäre gerne wieder an dem Kirschbaum", ändert Lilya das Thema. „Geh doch, ist wahrscheinlich nichts mehr von ihm übrig", arbeitet Kawaki daran, wieder er zu sein: „Ich würde auch gerne zum Baum, aber nicht wie er jetzt ist, sondern wie er vorher war. Sieh doch, wenigstens verziehen sich endlich diese schaulustigen Menschen." „Echt, die klotzen so, als wäre der Unfall ein Kinofilm, fehlt nur noch das Popcorn." Die Stimmung sinkt immer tiefer in den Abgrund. Sie haben neues Wissen erlangt, aber wozu soll ihnen dieses Wissen bitte nützlich sein? Sie können Kontakt zu den Menschen herstellen, schön aber wozu? Würde überhaupt einer glauben, das wäre real? Niemand wäre eine Hilfe für sie, sind sich die beiden ausnahmsweise einig ... So weit ist es schon. „Was sollen wir jetzt machen? Da vorne ist ein Basketballkorb, Lust auf ne runde Basketball? Ich warne dich vor, ich bin sehr gut", versucht Lilya alles, um diese erdrückende Stimmung etwas aufzulockern. Kawaki entgegnet nichts und starrt bloß blöd in der Gegend herum. „Bist du echt so schlecht in Basketball? Oder wieso schaust du so?" Er schaut so, als hätte er gerade einen Geist ge- kommt mir bekannt vor. „Was ist denn jetzt los? Hast du in den Spiegel geschaut?", fragt Lilya. „Ha-ha-ha sehr witzig", erwidert er. Er packt sie an der Schulter und dreht sie um. „Sieht das für dich so aus wie ein Spiegel?" Er verschluckt sich vor ... was?: „Sieht eher so aus wie ein Tor zur Hölle!" Ihr Gesicht wird umgehend sanfter: „Was redest du denn da? Es sieht wohl eher so aus wie der Weg in den Himmel!" Sie sehen irgendwie das Gleiche, aber doch auf unterschiedliche Weise.

Auf ihn wirkt es verschlossen. Auf seine Art und Weise furchteinflößend. Er hat nicht das Bedürfnis, herauszufinden, was es damit auf sich hat. Was er vor seinem Auge hat, ist düster, voll von schiefen Tönen, dunklen Farben. Nichts Anschauliches. Eher alt und einsturzgefährdet. Lilyas Sicht auf die Sache ist eine vollkommen andere. Zwar auch als einsturzgefährdet ... aber alles andere als negativ. Auf sie strahlt es einladend. Es vermittelt ihr ein behütendes, fast mütterliches Gefühl. Verschieden, doch wie bereits gesagt auch gleich. Vor ihnen steht ... eine ...

... Tür?! –

2.2

„Öffne sie!" „Nein. Öffne DU sie doch!" Keiner möchte nur in die Nähe der Tür. „Du bist aber näher dran", haut Kawaki ein sehr starkes Argument heraus „Ich öffne die auf keinen Fall. Ich geh nicht einmal in die Nähe diese Dings! Ist zwar nur 'ne Tür, eine etwas alte, aber schöne Tür", versteht sie nicht ganz das Problem „Schön? Dann öffne du sie!" Er geht ein paar Schritte zurück: „Jetzt bist du näher an der schönen Tür." Lilya seufzt, aber gibt nach. Auch wenn sie einen eher positiven Vibe abgibt, ist Lilya skeptisch und vorsichtig gegenüber der Tür aus dem Nichts. Sie setzt zum Schritt an und ist bereit, zu erfahren, was hier gerade passiert. Doch dann kehrt sie nochmal um, aber unfreiwillig ... Egal wie sehr sie dagegen ankämpft, etwas hält sie von der Tür ab und das ist nicht nur Kawaki. Was macht der eigentlich? Der kniet auf dem Boden mit weit aufgerissenen Augen und hält sich die Ohren zu. Er vernimmt ein lautes Schreien. Ein zudem noch sehr schrilles Geschrei. Erklungen ist es genau, als Lilya auf die Tür zuging: „Bleib stehen, Lilya." Lilya scheint das Geschrei jedoch nicht zu bemerken, doch trotzdem spürt sie: Ich sollte keinen Schritt mehr wagen. Kawaki läuft es nicht das letzte Mal am heutigen Tag eiskalt den Rücken herunter. Es ist einer der lautesten Schreie, welche er je gehört hatte. Er hält sich fest die Ohren zu, woher kommt es eigentlich? Es hallt nicht direkt von dieser bizarren Tür aus … Tobt es einfach bloß in seinem Kopf? „Wieso macht mich eine einfache Tür so verrückt?" Kawaki und Lilya sind gerade absolut abwesend und nicht dazu in der Lage, miteinander zu kommunizieren. Lilya geht es noch verhältnismäßig gut. Kawaki … miserabel. Es kommt ihm so vor, als wäre er nie in seinem Leben glücklich gewesen und als würde er dies auch niemals sein. Der Schrei klingt in seinem Kopf immer lauter. Mit seiner Hand presst er schon schmerzhaft stark seine Ohren zu. So stark, dass er dabei sogar unfreiwillig die Augen zukneift. Es hilft alles nichts. Seine Fantasie ist nicht mehr von der Realität zu unterscheiden. Ein einfaches Geräusch zieht ihn langsam zu Grund und Boden. Es ist nicht, wie wenn eine Person dich anschreit. Mehrere Personen schreien zur selben Zeit. Sie betteln um Hilfe und weinen nach Leben.

Die letzte Kraft, die Kawaki aus sich herausbringt, ist dazu da, Lilyas Aufmerksamkeit auf sich zu ziehen. Kawaki ruft schwach, doch laut genug: „VERSCHWINDE." Lily kann sich zum Glück wieder sammeln und agiert sofort. Kawaki konnte dank ihr gerade noch so vor einem Aufprall auf den Boden bewahrt werden. Dieser wurde nach seinem laut-leisen Schrei auf der Stelle ohnmächtig. „Willkommen zurück." Lilyas Umgang mit ihm war noch nie so sanftmütig. „War also leider doch kein Traum", muss er zu seinem Bedauern feststellen. „Wo sind wir?" „Wie meinst du das? Wir sind immer noch, wo der Krankenwagen-" „Woher zur Hölle kam das? VERDAMMT."

„Wenn ich das wüsste. War es … wirklich so schlimm?"„… D … Du … Du hast es wirklich nicht gehört??? Das war doch unüberhörbar", versteht Kawaki nicht, wie sie das behaupten kann. „Was war unüberhörbar?", hakt Lilya nochmals genauer nach. Kawaki schreckt auf. „Hast du DAS gehört?" „WAS ist nur LOS mit dir?" Sie kommt mit diesem Verhalten langsam gar nicht mehr klar. Kawaki dreht sich um zu der Stelle, von der er dieses offenbar neue Geräusch aufschnappt. Er sieht hinter seinen Rücken. Er kann, so wie bei vielem anderen hier, nicht begreifen, was er dort wieder sieht. Das neue Geräusch ist nicht irgendwas. Es ist ein lautes Knarren. Hinter diesem Knarren steckt eine schwarz ummantelte, riesige und hochglanzpolierte Tür. „Oje! Noch so eine? Was haben diese Türen zu bedeuten??" „Tür-en???", Lilya seufzt. „Weißt du was, ich gehe allein weiter", beschließt sie plötzlich. „Was!? Bist du jetzt völlig übergeschnappt???" Auf diese Aussage kommt lieber kein Kommentar von ihr, auch wenn sie ihm sehr gerne ein kleines „Das sagt der Richtige" an den Kopf geworfen hätte. „Du erklärst mir ja nichts! Allein bin ich besser dran, da behindert mich wenigstens niemand. Diese surreale Welt ist dir scheinbar schon zu Kopf gestiegen", lässt sie all ihren Beschwerden freien Lauf. „OK-ok, beruhig dich", weiß er nicht, was er auf diese (konstruktive) Kritik sagen soll. „Du sagst mir nicht, wieso du einfach umkippst, laberst etwas von einer weiteren Tür...Ich komm nicht mehr hinterher." Beide miteinander (vor allem sie) verhalten sich, als würden sie sich schon Ewigkeiten kennen und eine Ehekrise durchlaufen. „Also wirklich, ich kann nichts dafür, dass ich auf einmal 'ne eigene Tür am Hals hab!", will er ihr Gezicke nicht länger ertragen. „Siehst du sie echt nicht? Du siehst die Tür nicht? Du hast dieses Schreien nicht gehört? Was hat das alles zu bedeuten?? Warum sind unsere Wahrnehmungen auf einmal so verschieden? Warum hab ich so die Arschkarten gezogen?" Auch wenn er Folgendes nicht hätte sagen sollen, tut er es: „Verschwinde doch!!! Du bist mir nichts schuldig." Ihr Gesicht spannt sich an, ihr Gesicht wird knallrot vor Wut, sogar so sehr, dass Lilya die Angst vor ihrem Begleiter (der Tür) etwas verliert. Sie stampft zu ihr hin, packt den Knauf (Nein kein Schreibfehler! Knauf und nicht Türklinke) und rüttelt fest an ihm. Es passiert ... rein gar nichts. Die Tür regt sich keinen Millimeter. Sie versucht es weiter und weiter, doch es bringt nichts. Ihr nächster Einfall ist, durch die Tür zu laufen, wie sie durch Wände gehen kann. Doch auch das läuft nicht wie geplant. Sie rennt volle Kanne dagegen. „Ich bin durch einen Krankenwagen, durch Laternen und durch Menschen gelaufen. Es scheitert echt daran, durch eine verschissene TÜR zu gehen? Das kann nicht sein...#!&%? AH!!!!"

Kawaki gibt alles, um nicht in Tränen vor Lachen auszubrechen. „Wirklich? Soll das ein schlechter Scherz sein? Ich dachte, ich komm in den Himmel. Doch stattdessen muss ich mich mit solchen schadenfrohen, grinsenden, arroganten Menschen wie dir abgeben." „Wooo ... woo ... woo. Krieg dich mal lieber ein. Sei doch froh, dass sie nicht aufgegangen ist. Außerdem wieso bist du so? Am Anfang hätte ich dich nie für so 'ne Zicke gehalten." „ZICKE???" Lilya möchte es nicht zugeben, aber sie ist von ihr selbst genervt. Die Pferde gehen irgendwie mit ihr durch. Lilya kennt diesen Kawaki zumindest vom Gefühl her schon ewig. Sie kann es nicht in Worte fassen, aber sie zickt sonst nur Menschen an, die ihr wichtig sind. Auch er ist sehr froh, dass er nicht allein ist. Noch nie gab es jemanden, mit dem er so reden konnte. Die meisten seiner Bekanntschaften kommen von seiner Arbeit und da kann man leider gewiss nicht seine Klappe so weit aufreißen und sich so verhalten. Es ist bedauerlicherweise ein viel kürzeres Vergnügen, als die zwei dachten. Mit dieser anhänglichen Tür im Schlepptau stampft Lilya, ohne es wirklich zu wollen, davon. Noch nie wurde sie so sehr von ihren Gefühlen geleitet wie jetzt. „Du gehst wirklich? Tu nicht so blöd, du siehst sie doch!", glaubt Kawaki, sie lügt ihn an. Sie behauptet bestimmt nur, seine Tür nicht sehen zu können. Kawaki will nicht, dass sie geht „Hat mich sehr gefreut, dich kennenzulernen, bestelle deiner ‚Tür' einen lieben Gruß von mir. Ach ja! Natürlich nur, wenn du sie ALLEIN aufbekommst", scheitert er daran, sie vom Bleiben zu überzeugen. Sie ignoriert das und schlendert an ihm vorbei, wobei er die Hoffnung bekommt, sie würde auch gegen „seine" Tür prallen. Doch wer hätte es gedacht, durch diese Tür stolziert sie ohne Probleme ... „Toll! Was jetzt?

Mir ist langweilig." Kawaki spielt mit dem Gedanken, ebenfalls zu versuchen, die Tür, welche sich plötzlich vor ihm breitmachte, zu öffnen. Er ist der Meinung, dass es bei Lilya nicht geklappt hat, muss nicht zwingend heißen, es würde bei ihm auch nicht klappen. Die Tür gibt ihm ein doppelt so starkes unwohles Gefühl, wie die Tür, welche Lilya gefolgt ist. Der Grund dafür: Sie steht schon offen. Zwar nur einen kleinen Spalt, aber offen. Er umklammert den Knauf mit zusammengeknautschten Lippen und möchte sie weiter aufreißen, doch weit ist relativ. Der Schrei ist zurück, was sehr unangenehm ist und ihm die Erkenntnis bringt: „Daher kommt dieser Schmerz also." Er hält sich diesmal nicht seine dröhnenden Ohren zu. Er gibt sein Bestes, dem Druck standzuhalten und bittet (eher fleht auf Knien) die Tür, aufzuhören. Tatsächlich. Es hört auf. Doch was folgt, ist noch viel schlimmer. Im Türspalt nach innen sieht er etwas auf sich zukommen. Der Spalt ist zu schmal, weswegen er nichts erkennen kann. Er versucht aus Angst, die Tür wieder zuzumachen, jedoch ohne Erfolg. Er drückt so stark wie möglich, doch die Tür bewegt sich nicht einen Millimeter. Letzten Endes rennt er los. Er überquert die Straßenseite, um einen Sicherheitsabstand zu erreichen. Angekommen schaut er zurück zur Tür: „Sie ist nicht da?" Er atmete tief ein und aus. „Huu ... Gott sei Dank!", ist er für einen kurzen Augenblick erleichtert, bis er wieder diese Präsenz spürt ... „Das wird bestimmt noch interessant mit dir!", dreht sich sein Kopf nach hinten und seine Augen bleiben vor dem Türspalt stehen. Wie damals ... als er heimlich seine Eltern belauscht hatte. Keiner weiß warum, aber genau daran erinnert ihn das. Er stand jeden Tag vor der Tür seiner Eltern, welche im Inneren Liebe und Hass verbarg. Er beobachtete damals als Kind jedes Mal, jeden Tag aufs Neue den Streit seiner Eltern. Stellt er es sich vor? Oder sieht er alles in Wirklichkeit? Realität und Gedanken werden immer mehr zum selben Wort. Er gibt sein Bestes, einfach zu versuchen, logisch nachzudenken. Darüber nachzudenken, was sein nächster Schritt sein könnte. Was darauf schließt, dass er immer noch nicht gecheckt hat, dass Logik ihm in dieser Welt nicht besonders viel weiterhilft.

Lilya hingegen weiß genau, wie der Hase läuft. Ihr erster Weg führt ohne Umschweife und unwiderruflich in den Kindergarten. Sie will sich einfach nur vergewissern, dass es ihren Brüdern gut geht. Zuerst konnte sie sich nicht entscheiden, ob sie zu ihren Brüdern gehen soll oder in die Schule zu Kaja, ihrer Schwester. Da man schneller am Kindergarten ist, entschied sie sich für diese Option. Sie hofft und baut darauf, dass sich die Gegend nicht wieder einfach verändert. Der Kirschbaum, wo das Frühlingsfest immer stattfand und der Baum vor ihren Augen abfackelte, ist normalerweise zwei Ortschaften weiter als die Unfallstelle. Und ohne etwas zu tun, sind sie von dem einen zum anderen Punkt gesprungen. Am liebsten wäre sie mit einem Wimpernschlag auch im Kindi. Wenn es doch nur so einfach wäre … Sie geht vom besten aus, was wäre: Ohne Probleme zu ihren Brüdern zu finden, die beiden zu sehen und sagen zu können: „Es geht ihnen gut", und dann irgendwie zurück in ihren Körper zu fahren (oder so). Mit diesem Mindset macht sie sich auf den Weg und vergisst dabei schon wieder, nur den Versuch zu starten, den Ort mit bloßer Vorstellungskraft zu wechseln (ich frag mich, ob es funktioniert hätte). Sie trägt sich selbst eine weitere Sidequest (kleine Mission) auf. Dessen Ziel ist es, herauszufinden, wie viel Uhr es gerade ist. Denn ausgerechnet an diesem Freitag machen die Erzieherinnen mit den Kindern einen Ausflug in den Wald. Der beginnt um 10:00 Uhr. Wenn der schon angefangen hat, geht sie erst in die Schule zu Kaja und später wieder zum Kindergarten. Ihr Handy liegt im Auto (und ist bestimmt längst nicht mehr zu gebrauchen), deshalb macht sie einen kleinen Umweg, um an der Kirche vorbeizulaufen. An ihr ist nämlich eine riesengroße Uhr befestigt. Angekommen schaut sie hoch und liest die Uhrzeit … Die Uhrzeit … „Da sind ja gar keine Zeiger dran", stellt sie zweimal, dreimal, viermal hinsehend fest. „Fehlen die schon länger? Nein, kann gar nicht sein, erst vor ein paar Tagen habe ich auf sie geschaut. Da fehlten keine Zeiger!

Wieso sollte man auch die Zeiger einer Uhr entfernen???" Da es niemandem in diesem Moment etwas bringt, sich darüber den Kopf zu zerbrechen, läuft Lilya zügig weiter und plädiert darauf, es sei noch nicht 10 Uhr. „Jetzt bin ich eh schon fast da! Dort hängen auch Uhren. Das Schlimmste, was passieren kann ... Halt, Stopp, nichts Schlimmes wird passieren, alles wird gut gehen. Sicher ...", sagt sie sich laut vor, doch ihr Gehirn glaubt es nicht so ganz. Im Handumdrehen ist sie da. Vor der Tür des Kindergartens kommt Lilya zum Stillstand. Der Weg verlief im Großen und Ganzen ziemlich reibungslos, bis auf ein paar Kleinigkeiten. Sie hatte die ganze Zeit das Gefühl, beobachtet zu werden (was sie von der Tür, die nicht einmal von ihrer Seite weicht, auch irgendwie wurde). Zudem wurde ihr Schritt für Schritt immer kälter. Sie dachte, sie habe Geräusche gehört, weshalb sie sich relativ häufig kurze Pausen erlaubte und sich unzählig oft nach hinten umdrehte. Nicht zu vergessen die Uhr. Seltsam ... „Zumindest wurde ich nicht davon teleportiert oder so ...", hakt sie den Weg ab und blickt durch die Fensterfront. Die Jacken der Kinder hängen noch, weshalb sich davon ausgehen lässt, sie habe es noch pünktlich geschafft. Geradewegs gehts in die Gruppe ihrer Brüder. Sie hält schon im Flur Ausschau nach ihnen, denn sollten sie da sein, möchte sie ihre Brüder auf keinen Fall verpassen. Im Flur sichtet sie nirgendwo ihre Brüder und auch sonst keine Kinder ... „Seltsam ..." Im Gruppenraum leider auch nicht. Der Raum ist leer. Kein Kind bastelt am Basteltisch, keins spielt irgendein Gesellschaftsspiel, keiner spielt in der Ecke voller Bausteine (die Kawaki damals im Kindergarten immer magisch anzog), nirgends die Spur eines Erwachsenen und auch keine eines Kindes. Nur die Baby Born, welche friedlich in ihrem Kinderwagen liegt. Es besteht kein Anzeichen eines Lebewesens. Nur Lilya, welche sich jetzt sicher ist, sie habe sie verpasst. Um das zu prüfen, kontrolliert sie die linke Wand. Die Wand oberhalb, zwischen Schrank und Tür ... Dort hängt eine funktionstüchtige Uhr. Zumindest funktionstüchtig bis ... jetzt. Die Zeiger sind diesmal zwar vorhanden, doch sie drehen sich superschnell im Kreis. So schnell, dass das menschliche Auge ihnen nicht folgen kann. Bevor Lily dazu bereit ist, auch nur irgendeinen Gedanken dazu zu fassen, passiert etwas genauso Ungewöhnliches. Das Licht geht an, dann wieder aus, wieder an und dann schlussendlich ...... wieder aus. „Cassi, hast du das auch gesehen? Es wird immer grusliger hier", ängstlich stupst sie ihre Tür an, welche auf dem Weg zur Kita den Namen „Cassi" verpasst bekam. Das hilft Lilya dabei, die Furcht vor der Tür, Entschuldigung ich meine vor Cassi, zu lindern. Cassi leitet sich übrigens von Gassi ab, da sie, muss man sagen, trotz der Fragwürdigkeit immer treu wie ein Hund an Lilyas Seite bleibt. Das Licht hat sich beruhigt. Es bleibt aus. „Cassi ... Du zählst genauso viele Personen in diesem Raum wie ich, oder? Du siehst diese Uhr und hast auch gemerkt, wie das Licht spann ...oder? ODER Cassiiii??? Das mit dem Licht ist bestimmt nur ein Kurzschluss ... Doch wie kann ich zu spät sein? Ich hab mich doch so beeil-LLTT???" Lilya erleidet beinahe einen Herzinfarkt. Aus dem Nichts beginnt es zu donnern. Ein Blick durchs Fenster hilft nicht viel, denn ein Nebel zieht auf. So dicht, man kann seine eigene Hand vor seiner eigenen Nase nicht mehr sehen. Lilya ist noch davon verschont, sie steht ja in den geschlossenen vier Wänden. Das Licht im Kindergarten geht auf ein Neues an. Geschieht dies womöglich aufgrund des Nebels? Eines ist klar, aus Reflex schlüpft Lilya sofort unter einen der winzigen Tische und macht sich so klein wie möglich. Gewitter mag sie schon, seit sie klein war, überhaupt nicht. Doch dieses Gewitter gibt ihr, mit dem Zusammenspiel des seltsamen Lichtes und des Nebels, ein noch mulmigeres Gefühl wie alle zuvor. Ein starker Regen setzt nun auch noch ein. Lilya kann es nicht sehen, da sie ängstlich auf den Boden starrt, aber es klingt für sie nach Regen, der auf das Kindergartendach prasselt. Bei jedem Aufprall zuckt Lilya immer weiter in sich zusammen. Man darf es sich jetzt nicht so vorstellen, als wären Wolken am Himmel. Der Himmel ist nach wie vor sehr hell, wenn auch etwas dunkler als vorhin. Doch sehen kann man das aufgrund des Nebels sowieso nicht. *Was bedeutet dies alles nur???*

Es gibt eine Person, die wir das auf keinen Fall fragen sollten. Diese ist genauso in Gedanken und planlos wie bereits vor einigen Minuten. Er hat es schon längst aufgegeben. Aufgegeben eine Lösung zu finden. Eine Vorgehensweise aufzuarbeiten ist für ihn schon längst Geschichte. Am liebsten wäre er einfach eingeschlafen, weswegen er sich zwischenzeitlich unter einen Baum legte. Klappt aber nicht ... Dafür schwirren viel zu viele Dinge in seinem Kopf herum.

Mit „zu viele Dinge" ist eigentlich nur die Einzahl von Dingen gemeint. „Vom 2. November 2022 zum 4. November 2025. Eine Zeitreise?? NIEMALS!!! Was hat es damit auf sich??? Was sollte diese Nachricht im Radio? Der Nachrichtensprecher sprach von einem einstürzenden Gebäude, dass mehrere Menschen in den Tod riss ..." Hatte er alles nur falsch aufgenommen? War er so gestresst, dass er die Nachrichten durcheinanderbrachte? Ihn lassen die Selbstzweifel nicht mehr los: „Ach, ich hab grad einfach nur 'ne Meise", hält er sich schon für gestört. „Hab sicher alte Nachrichten mit neuen vermischt", macht er es so wie auch viele andere. Er hörte, rückte zurecht und legt nun alles so aus, wie es ihm am besten passt. Er redet sich ein, dass alles sei ein Irrglaube und er hat „nur" was durcheinandergebracht. Das ist im Moment das Einfachste, um dieses Thema wieder aus seinem Kopf zu verdrängen. „Es muss so gewesen sein. Alles andere würde ja keinen Sinn machen." Sein Blick wandert auf ein Neues zur Tür, welche gerade neben ihm immer sein Unwesen treibt. Kawaki wartet eigentlich nur darauf, dass wieder was Ungewöhnliches geschieht. Wie wir diese Welt bereits kennen, muss er überhaupt nicht lange warten. Der erste Donnerschlag ertönt, er zuckte fast genauso zusammen wie Lilya. Der zweite folgte mindestens doppelt so laut. Beim zweiten wie beim ersten ist keine Wolke zu sehen. „Wie passt das schon wieder zusammen?" Gleich setzt auch er ein, der stürmische Regen. Es ist wie bei Lilya, ausgenommen von dem Nebel, von dem ist nichts zu sehen. Kawaki hat das Glück, unter einem Baum zu sitzen. Er wurde zwar trotz Baum vom Regen getroffen, doch er hat den Regen zumindest etwas abgeschirmt. Der Regen sieht aus wie stinknormaler Regen, so wie ihn jeder kennt. Der Geruch von Regen liegt eindeutig in der Luft. Dieses Prasseln des Regens auf dem Boden. Manchmal kriegt man nicht genug davon, manchmal hat man genug davon. Das Gefühl, wenn das Wasser einen berührt, was erfrischend, aber auch lästig sein kann. Immerhin für die ersten paar Wassertropfen, die Kawaki abbekommt, gelten die gerade aufgezählten Dinge. Nach dem Gefühl eines erfrischenden Regentages im Sommer setzt das Gefühl der Schwere ein.

Jeder Wassertropfen scheint ihn seinem endgültigen Tod näher zu bringen. Es ist, als würde man ihn bei lebendigem Leibe verbrennen.

Erst fing es an, nur etwas zu jucken, doch dann brennt es immer mehr und schlimmer. Es tut so weh, dass Kawaki nicht einmal mehr die Augen bewegen kann, welche gerade schmelzen wie Eis im Sommer. Schreien ... von gestern. Tropfen gelangen in seinen Mund. Von da an brennt es nicht bloß von außen. Sein ganzer Körper steht wie in Flammen. Wie die Flammen, die den Kirschbaum zur Strecke brachten, mit dem Unterschied, dass diese Flammen sichtbar waren. Der Tür macht der Regen im Gegensatz überhaupt nichts aus. Weder brennt sie ab, noch wird sie vom Blitz getroffen und nass wird sie erst recht nicht. Sie stößt den Regen einfach von sich ab und Kawaki zieht ihn mittlerweile magisch an. Mann, ich werde das Gefühl nicht los, die Zeiten haben sich von nun an geändert ...

Lilya bekommt drinnen weiterhin keine Tropfen ab. Sie überkommt, nachdem sie sich überwand und im Kindi umsieht, die Vorstellung, der letzte Mensch auf Erden zu sein. Weshalb? Bis vor ein paar Minuten, Stunden, keine Ahnung! Gibt ja keine Uhr! Sind unzählige Menschen noch durch sie hindurchgelaufen, doch nun ist kein Mensch hier. Bei so einem Wetter macht man keinen Ausflug in den Wald, aufgrund der Nebelschicht ist das Wetter schwer erkennbar, aber der Donner spricht für sich. Vor dem Unwetter waren die Straßen voller Menschen und von jetzt auf gleich, wie von Zauberhand, alle verschwunden. Klar bei Regen und Donner geht man heim oder stellt sich wo unter, aber man verschwindet nicht einfach so von der Bildfläche. „Wo sind meine Brüder abgeblieben? Ihre Jacken sind da, doch sie sind es nicht. Sind auch sie von der Bildfläche verschwunden?"

Wo alle anderen stecken ist ihr im Grunde egal, sie will nur die Gewissheit, dass es Jiro und Zenji gut geht. Trotz allem, was passiert, hat Lilya die Hoffnung noch nicht ganz aufgegeben und beschließt, durch die Kita zu streifen und sich wirklich überall umzusehen. Den gruseligsten Teil nimmt sie sich als Erstes vor. Der ist mit Abstand der Keller. Jeder kennt es. Der Keller ist der Ort im Haus, an dem man sich am unwohlsten fühlt. Ein Ort, an dem man nicht sehr viel Zeit verbringt oder verbringen möchte. So wie Lilya, doch sie denkt nicht daran und stürmt die Wendeltreppe hinunter (muss da ja nicht allein durch, die unheimliche Cassi ist ja bei ihr …). Sie schwebt die Treppen wahrlich nach unten und starrt dabei gebannt auf die Stufen, denn von der Treppe zu fallen ist das Letzte, was sie noch gebrauchen kann. Bei der geschätzten Hälfte des endlosen Gesteiges bleibt sie stehen. Nebel umschlingt ihre langen Beine. „Wo kommt der denn her?" Panisch sucht sie nach einer Erklärung: „Ist irgendwo ein Fenster geöffnet? Warte der ist ja …"

Der Nebel hat eine komische Farbe. Er ist etwas grünlich. Es ist allerdings kein hell- oder dunkelgrün. Ein grün, so strahlend wie die Farbe ihrer Augen. Ein Mischmasch aus verschiedenen Grüntönen. „Ich wusste gar nicht, dass Nebel riecht …" Es riecht alles andere als nach Nebel … „SCHWESTER, Lilya! Hilf uns!!! Hilfe, HILFE. Wir ersticken." Lilyas Herz macht einen Aussetzer. Diese Stimmen würde sie immer und überall wieder erkennen: „JIRO, ZENJI! Jiro, Zenji! Ersticken???" Sie ist erschrocken in jeder Hinsicht. Ohne auch nur zu zögern, sprintet sie in den Nebel los, um ihren Brüdern zu Hilfe zu eilen. Die Treppe wird immer länger, kein Ende ist in Sicht. Dieser grüne, nach Rauch stinkende Nebel, oder halt doch kein Nebel, bringt Lilya sehr ins Schwitzen und zum Husten. „Wenn das kein Gift ist, dann weiß ich auch nicht." Der Einfall, es sei giftig, kommt zwar, aber viel zu spät. Sie fängt zwar damit an, ihren Mund zuzupressen und ihre Nase zuzuhalten, doch trotzdem wird IHR zum ersten Mal seit dem Unfall schwarz vor Augen. Bevor es zu einem unvermeidlichen Sturz kommt, vernimmt sie noch einen allerletzten Ruf. Diesmal sind es nicht die Stimmen ihrer kleinen Brüder.

Dieses Mal hört es sich an, wie die Stimme von jemand anderem. Ist das ihr großer Bruder Ikuyu? „IKU?? IKU!" Die Stimme klingt so vertraut, aber ist er es wirklich? Vielleicht ist es auch jemand anderes ... Egal wer oder was da spricht, es wirkt verdammt asozial und vorwurfsvoll: „Lilya, du bist Schuld. Alles ist nur DEINE Schuld! Das Versagen unserer Forschungen, der Tod unserer Eltern. Mein TOD! Du hast deine Familie getötet ...“

„Hast du das gesehen? Lilya?" *„Woww! Das müssen wir auch ausprobieren."*

„Wirklich? Das muss doch wehtun oder?" *„Nein, wieso sollte es das? Der da kann es doch auch! Und Drachen können doch auch Feuerspeien. Wieso sollten wir's nicht auch können? Sieh mal Papa, jetzt macht er Feuerkreise."*

„Das ist echt beeindruckend, aber wir müssen langsam weiter, sonst kommen wir noch zu spät zur Hauptzeremonie." „Hast Recht, Schatz, kommt, wir gehen weiter." *„Wir kommen ja schon, Mama."* „Pass bitte auf deine kleine Schwester auf, Ikuyu." „Mach ich doch immer", steckt Ikuyu voll Stolz. „Komm schon, Lilya, holen wir uns noch schnell eine Zuckerwatte." *„Oh ja, ich liebe Zuckerwatte",* lächelt die sechsjährige Lilya ihren großen Bruder an. Sie nimmt ihren Bruder an die Hand: „Wir kommen dann gleich, Mama! Der Zuckerwattestand ist nicht weit." „Ist gut, aber beeilt euch. Pass mir gut auf deine kleine Schwester auf, wir treffen uns dann am Kirschbaum", bekommen sie die Erlaubnis. Iku schreit zurück: „Ich sagte doch bereits, dass ich gut auf sie aufpasse, Mama! Bis gleich, Papa." Ikuyu und Lilya sind schon auf dem Sprung zum Zuckerwattestand. Doch dann werden sie noch einmal von ihren Eltern aufgehalten. „Mit was wollt ihr die Zuckerwatte bezahlen? Ich glaube, eure süßen Gesichter reichen gerade so nicht für eine kostenlose Zuckerwatte aus", hat Mama recht wie immer halt. „Du hast Recht, Mama ...“ „Ich habe immer Recht", schmunzelt sie und reicht ihrem Sohn etwas Geld. *„Stimmt gar nicht, niemand hat immer Recht!"* „Was für eine schlaue Tochter ich doch habe. Jetzt beeilt euch, sonst verpassen wir noch den Lichtertanz." „Wir sind schneller wieder da, als ihr gucken könnt", versprechen die Geschwister einstimmig ihrer Mutter und ihrem Vater. Die beiden sind an diesem Tag besonders schick gekleidet (Lilya in einem hellblauen Kleidchen mit bunten Schmetterlingen. Ikuyu in einem Anzug, welcher eigentlich viel zu groß für ihn ist). Sie schlängeln sich um die verschiedensten Stände. Von gebratenem Fisch bis zu leuchtenden Lichterketten ist alles dabei. Ihre Lieblingsstände davon sind die Spielzeugautomaten und Karussells.

Natürlich auch die Stände, bei denen man Lichter für den „Lichtertanz" einkaufen kann. Die Beleuchtungen mit den unzähligen, vielen Lichterketten sind wunderschön, auch wenn nichts an die Schönheit des Mondes in dieser Nacht heranreicht. Gerade interessieren sich die Geschwister wenig für die vielen Angebote auf dem Fest. Es zählt nur eins: die Zuckerwatte. „Zwei riiiieeesige Zuckerwatten bitte", bittet Ikuyu den Zuckerwattenverkäufer. **„RIESIGE",** schiebt Lilya voller Vorfreude auf das süße Wunder nach. „Die riiiieeesige Zuckerwatte kommt sofort", lächelt der Besitzer. „IKUYU, Ikuyu, Iku", kommt wie aus heiterem Himmel eine Stimme von links. „Oh Hi Toko, was machst du denn hier?? Du magst das Frühlingsfest doch gar nicht so gerne", wundert sich Iku über das Auftauchen seines Freundes. Iku's und Toko's Väter sind sehr gut miteinander befreundet und dadurch kennen sich die beiden praktisch schon ewig. Zudem sind ihre Väter Geschäftspartner und tragen gemeinsam viel Verantwortung. „Hallo Lilya", steckt Toko voller Freude, auch sie wiederzusehen. **„Ha-ll-oo T-O-K-O-",** mampft Lilya mit vollem Mund. „Hey, stopf nicht so, wir haben sie gerade erst bekommen. Iss etwas langsamer", hat Iku die Sorge, dass Lilya sich verschluckt. Doch sie lächelt bloß und kurze Zeit später will sie: **„Noch eine!!!!!"**

„Gehts jetzt langsam los?" „Sei doch nicht so ungeduldig! In ein paar Minuten fängt es an." „Onkel Chabi, wo ist Papa gerade hingegangen?" „Dein Papa musste nach Hause gehen, um sich um meine Schwester zu kümmern." „Ist Mama schon wieder so komisch drauf?" „Was meinst du mit komisch drauf?" „Naja, in letzter Zeit ist sie wieder häufiger so, als wäre sie ... Als wäre sie in ihrer eigenen Welt gefangen und ich und Papa sind da nicht."

„Yukimi ... deine Mama muss sich zu Hause nur ein bisschen ausruhen, morgen geht es ihr bestimmt wieder besser." „Ok! Wenn du das sagst ... On-kel?" „Ja?" „Ich muss auch aufs Klo!!"„Da warst du doch erst vor ein paar Minuten." „Ich muss halt nochmal. Drrrriiinngggeeenndd. Wenn ich gerade schon gewusst hätte, dass ich nochmal aufs Klo muss, hätte ich es schon gesagt." „Nee. Jetzt wartest du. Wir laufen jetzt nicht nochmal dahin." Yukimi starrt seinen Onkel böse an. „Wenn wir den Anfang des Lichtertanzes verpassen, darfst du dich nicht beschweren", stoppt der Onkel Yukimis böses Gesicht und hält ihn auf, da er schon heimlich versucht, sich selbst auf die Socken zu machen. „Heyy! Du auch hier? Lange nicht gesehen!", quatscht jemand Yukimis Onkel an. „Wenn das nicht die Evergreens sind.

Ist schon wieder viel zu lange her!", freut sich der Onkel seinem Gesicht nach zu urteilen über das zufällige Wiedersehen. „Ist wirklich schon zu lange her. Wie gehts euch? Ich bin mit meinem Neffen Yukimi hier", erzählt der Onkel. „Yukimi? Wo ist denn der kleine Rabauke?", fragt Mama Evergreen nach. „Wie? Er ist genau hie.e.e .errr...YUKIMI????" Kaum hat Onkel Chabi für drei Sekunden nicht hingesehen, ist er abgezischt. „Ich geh kurz nach ihm sehen. Er ist bestimmt nur schnell aufs Klo gegangen, er musste sehr dringend." Erst hatte Yukimi, sowie sein Onkel es vermutete, auch den Plan aufs Klo zu gehen. Doch als er den coolen Typen mit dem Drachenkostüm gesehen hatte, musste er ihm einfach nachlaufen. „Ein Drache wooooooooow", aufgeregt die Augen auf den „Drachen" gerichtet, trägt es Yukimi immer weiter vom sogenannten Lichtertanz am großen Kirschbaum davon. Onkel Chabi trifft Yukimi nicht wie erhofft am Klo an. Er hat es im Moment genauso schwer wie Lilyas Bruder. Denn auch dieser hat auf dem Weg zum großen Kirschbaum gemerkt: „LILYA IST WEG!!!"

Beim freudigen Geplauder mit Toko hatte er sie vollkommen aus den Augen verloren. „Sie war gerade noch bei mir, Mama, ich schwöre", muss Iku seiner Mutter beichten, nicht gut genug auf Lilya aufgepasst zu haben. Seine Mutter sieht ihn enttäuscht an. Derweil kommt auch Onkel Chabi besorgt zu den Evergreens zurück. „Er war nicht auf dem Klo …", gesteht er peinlich berührt, gedemütigt und voller Sorge um seinen Neffen. „Mach dir keine Sorgen. Wir machen uns gemeinsam auf die Suche! Du bist nicht der Einzige, der gerade ein Kind verloren hat." *„Puuhhh endlich"*, wortwörtlich erleichtert hinter einem Baum (er schaffte es nicht mehr zum Klo), entleert er seine Blase. Nachdem er sein Geschäft verrichtete und um den Baum geht, bemerkt er ein Weinen am Fuße des von ihm markierten Baumes. *„Was ist denn mit dir los?"* Das weinende Mädchen erschrickt und beginnt damit, noch stärker zu weinen. Dennoch antwortet sie ihm: ***„Ich hab meinen großen Bruder Iku aus den Augen verloren und mich auch verlaufen. Er war hier und dann plötzlich woanders."*** *„Achso! Und wieso weinst du?"*, möchte Yukimi rücksichtslos wissen. ***„Hab ich doch eben gesagt!"***, faucht das Mädchen ihn an. *„Hier und dann plötzlich woanders? Ist doch klar, wo dein Bruder ist!"* ***„Woher sollst DU das Wissen? Weißt du es? Na, sag schon!"*** *„Klar weiß ich's! Er ist bestimmt dort, wo meinem Onkel panisch aufgefallen ist, dass ich nicht mehr da bin."* ***„Bist du abgehauen? Das macht man doch nicht absichtlich! Wo bist du abgehauen?"***, weist die kleine Lilya den kleinen Yukimi zurecht. *„Von da, wo jeder um diese Zeit ist. Am großen Kirschbaum."* ***„Stimmt! Davon hat Mama vorhin auch gesprochen. Weißt du, wo es lang geht?"*** *„Naja! Ich habe Augen im Kopf. Diesen riesen Baum kann man doch nicht übersehen."* ***„Du hast Recht. Da ist er ja!"*** Das Mädchen hört nun endlich auf zu weinen. ***„Ich hab noch was verloren außer meinem Bruder."***

„Was denn?" ***„Ein Kuscheltier, mein Bruder hat es für mich am Angelstand gewonnen."*** *„Mmmhh, weißt du zufällig ungefähr, wo es liegen könnte?"* ***„Bei diesem Feuerspucker!"*** *„Dem Feuerspucker? Meinst du vielleicht den Drachenjungen????? Der ist voll toll! Halten wir da!"* ***„Du weißt sogar, wo der Drachenjunge ist? Du kennst dich hier aber gut aus."*** *„Ich habe einen super Orientierungssinn."* ***„Was ist Otentiessinn? Ist mir eigentlich egal. W-w-ieso hilfst du mir eigentlich?"***, nimmt sie es nicht für selbstverständlich, was Yukimi wundert. *„Ich muss doch eh dort hin. Außerdem kann ich ein Mädchen in Not nicht einfach al-*

lein lassen. Papa sagt immer, wenn jemand Hilfe braucht und man selbst in der Lage ist, zu helfen, soll man immer seine Hilfe anbieten. Er meinte, er müsse es auch noch lernen.“ Yukimi hat seinen Vater vorm inneren Auge. Yukimi verletzte sich erst letzte Woche. Sein Vater half ihm mehr mit diesen Worten als mit seinen Taten. **„Du bist soo cool! Wie mein Bruder“,** zieht Lilya Vergleiche zwischen Ikuyu und Yukimi. *„Wie dein Bruder? Den sehe ich ja gleich! Ich find dich übrigens mutig und auch voll cool ...“* **„Danke.“** *„Du brauchst mir nicht danken.“* **„Doch! Mein Vater sagt mir immer, dass man seine Dankbarkeit zeigen soll.“** *„... Bitte ... mach ich doch gerne.“* Daraufhin laufen die beiden zum Drachenjungen und suchen nach dem Stoffhasen, der übrigens so heißt wie ihr Bruder „Ikuyu“.

Danach haben sie vor, zum wunderschön erblühenden Kirschbaum zu gehen.

„Ich heiße übrigens Yukimi. Du darfst aber auch gerne Yuki sagen.“

„Mein Name ist Lilya. Du darfst mich aber auch Lily nennen.“

Kapitel 3

Ist das wahr?

~

3.1

„Wo … wo bin ich hier? Es ist so warm …", hallt eine geborgen klingende Stimme. „Wer bist du? Und du? …", schallt eine weitere. „Ich kann doooch noch hören? Hörst du mich auch? Gott sei Dank!!!", treten Stimmen aus jeder erdenklichen Richtung hervor. „Endlich sind wieder Neue erwacht, jetzt kommen wir sicher weiter." Diese vielen Stimmen sind das Erste, was Lilya aufnimmt, nachdem sie vorsichtig ihre Augen öffnet. „Z-enji, J-iro, I-ku", flüstert sie mit mehr als nur einer Träne in den Augen. Sie liegt auf dem Rücken, hat Sicht auf eine flackernde Decke und hört diese Vielzahl an Stimmen. Die Decke ist aus Gestein und es riecht, als würde Rauch zu ihr hinaufsteigen. Als Lilya diesen Rauch sieht, presst sie sofort ihren Mund zu. „Nicht schon wieder", denkt sie sich dabei. Geräusche von Donner und Regen sind nicht mehr zu vernehmen. „Das ist diesmal sicher kein Nebel, diesmal ist es wirklich Rauch", rümpft Lilya leise die Nase. „Diese Stimmen gehören die vielleicht denen, die meinen Brüdern etwas angetan haben? Die können was erleben." Lilya tut alles, um sich aufzurichten. Ihr Körper bewegt sich jedoch nicht einen Millimeter. Er wehrt sich vor jeglicher Bewegung. Sie liegt einfach da, wie bestellt und nicht abgeholt, und kann trotz Mühen nichts ausrichten. „Lasst sie in Ruhe, lass sie in Frieden." Die Stimmen ihrer Brüder spielen sich noch immer in ihrem Kopf ab wie eine zerkratzte CD, immer und immer wieder. Ihr schlechtes Gewissen hindert sie daran, weiter machen zu wollen. „Ich bin doch eh schon tot, wofür gebe ich mir eigentlich noch Mühe? Ich kann ihnen nicht helfen. Was für eine tolle Schwester ich doch bin ..." Erst jetzt fühlt sie sich wirklich so, als hätte sie einen Unfall gehabt ... „Mein Kuschelhase ..., habe ich ihn gefunden? Habe ich Iku verloren? Wie komme ich darauf? Spreche ich gerade laut?", sind ihre Gedanken sowas von durcheinandergeraten. „Heyy. Hallo. Dürfte ich um eure Aufmerksamkeit bitten?", erklingt die nächste Stimme, diesmal ziemlich aus Lilyas Nähe. „Alle, die mich hören können, sollten sich vielleicht mal hier um dieses Lagerfeuer setzen. Ich glaube, wir haben vieles zu bereden." „REDEN??" „Ich glaub, ich höre nicht recht!" „Hast du uns hierhergebracht? Kannst du uns erklären, was hier los ist?", sprechen alle sich hier befindenden Leute durcheinander. Es schallen so viele Töne gleichzeitig, man kann nicht einen mehr verstehen. „Pssssssssssssttttt! Ich muss euch enttäuschen. Ich weiß genauso wenig, wie jeder andere hier auch. Doch ich bin am längsten wach und habe die Personen gesehen, welche uns hierhergebracht haben." „Wir wurden von jemandem gerettet?" „Menschen? Menschen ... Heißt das ... Die Menschen können uns wieder sehen? Ist alles wieder normal?" „Ihr seht mich doch auch?" Die Unruhe in der Höhle stoppt keine Sekunde, bis die herausstechende Stimme meint: „Ich muss euch nochmal enttäuschen. Hieran ist absolut nichts wieder normal. Die Personen, die uns hergebracht haben, erzählten mir ein paar Dinge, die sie euch bestimmt auch noch erzählen werden. Sie sagten, sie seien bald zurück", informiert er die aufgebrachten Personen. „Sie sagten es? Glaubst du alles, was man dir sagt???", ruft einer in die Runde. Ein anderer hält den Jungen für: „Na-iv." Ein älterer Herr schmunzelt: „Wie alt bist du, zwölf? Gutgläubiger Junge." Dieser *gutgläubige* Junge, der leuchtend braune Augen und glänzendes braunes Haar hat, geht, ohne auch nur zu zögern, auf diese Bemerkungen ein. „Ich glaub weder alles, was man mir sagt, noch bin ich ein gutgläubiger 12-Jähriger. Ich will nur wissen, was hier gespielt wird. Ich dachte halt, ich rege ein Gespräch an, bevor wir uns alle vor Angst vor den Dingen, die passiert sind, weiterhin in Grund

und Boden schweigen." Nach dieser selbstbewussten kleinen Ansprache hat er nun endlich die geteilte Aufmerksamkeit von jedem (der sich regt) erreicht. „Woher willst du wissen, was wir durchgemacht haben?", stellt eine Frau misstrauisch eine Frage. Der Junge überhört es absichtlich und stellt die Frage: „Sind jetzt alle wach?" Die Stimme dieses Jungen kommt Lilya ungewollt mehr als nur vertraut vor. „Nein, es ist nicht die Stimme von ... Wie heißt der eigentlich?" Lilya überlegt, ob Kawaki und sie bereits ihre Namen ausgetauscht hatten und wessen Stimme hier gerade die Führung übernimmt. „Ach! Ist doch egal, wer das ist", interessiert es sie plötzlich doch nicht mehr. „Warte, wenn die schauen, wer noch wach ist, sehen sie ... Ich bin wach! Dann muss ich aufstehen. Bitte nicht", führt sich Lilya faul auf, obwohl sie in Wirklichkeit vor Furcht gelähmt ist.

„Hey du!! Komm hoch. Ich sehe doch, dass du schon wach bist", ertönt Lilyas Stichwort. Sie ist dabei, sich zusammenzureißen und sich aufzurappeln. Doch kurz bevor sie damit beginnt, merkt sie: „Es geht gar nicht um mich." Erst schien es für Lilya so, als wäre sie der einzige Mensch hier, der sich noch nicht wieder aufgerafft hat. Dem ist aber nicht so. „Dieses Mädchen dort", meint einer. „Mädchen??? Entschuldigung, sehe ich aus wie ein Mädchen? Nur weil ich lange Haare habe?", spricht ein Mann mit blonder, etwas längerer Mähne und funkelnden blauen Augen etwas beleidigt. „Wow, ich habe noch nie so einen hübschen Mann gesehen. Vielleicht wechsle ich doch noch ans andre Ufer", meint einer auffallend laut. „Gut, dann wären wir jetzt alle, oder?", glaubt der Junge, der sich weiterhin wie der Anführer aufspielt. „Was ist mit der?", möchte eine Frau, welche sichtlich keine Lust auf irgendwas hat, wissen. „Bin ich jetzt gemeint?", überlegt Lilya. „Ach scheiß drauf ... Ich bin wach", rappelt sie sich letztendlich doch auf, da sowieso gleich herausgekommen wäre, dass sie noch reglos daliegt. „Oh, dort war ja noch eine", übersah jeder sie, außer dieses gelangweilte Mädchen. *Ich bin auch wach,* richte ich mich als nächste Person auf (welche anstelle von Lilya, auch eigentlich gemeint war.) „Hab übrigens nur nicht die Lust gehabt, mich aufzurichten", meint diese, als sie sich vorstellt. „Lilya", welche neben mir liegt. Lilya tätigte nun ihre ersten Blicke in die Runde. *Ich darf dich doch Lily nennen oder?* „Wie du willst!", ist sie von Sekunde eins an gleichgültig gegenüber mir.

Wie sie und ich gleichzeitig merken, sind die unterschiedlichen Personen in dieser warmen Höhle versammelt. Von Kindern bis zu Senioren, jede Altersgruppe ist vertreten. Wir sitzen alle um ein Lagerfeuer, welches uns zwar Licht und Wärme spendet, uns jedoch trotzdem gruslig vorkommt. Alle schauen auf den Jungen. Alle, ausgenommen dieser Lily. Die erblickt soeben durch die Flammen ein ihr vertrautes Gesicht. Auf dieses würde sie gerade einerseits am liebsten spucken und andererseits war ihr kein Gesicht lieber als dieses. Ich spreche natürlich von Kawaki, welcher sie auch schon längst sah. Er guckt sie nochmals kurz an und schaut aber gleich wieder weg, als hätte er sie nicht gesehen (wir wissen ja mittlerweile, dass er alles so regelt). „Mein Name ist Tokoyami. Meine Freunde nennen mich Toko, das bedeutet ihr dürft mich Tokoyami nennen", was will er uns denn damit sagen. „Ich hab mir gedacht, wir könnten alle mal darüber reden, wie wir in diese Situation geraten sind." „Wieso sollten wir das?", fragt der Blondschopf, welcher noch immer gekränkt aussieht. „Wieso nicht? Vielleicht entdecken wir ja was, dass uns alle betrifft." Alle schauen ohne weitere Einwände zu Toko … Tokoyami. Jede Seele hier, welche um das trostloseste Lagerfeuer kreist, ist vollkommen unterschiedlich. Doch eine Sache haben wir alle gemein. Uns allen stehen Anstrengung, Erschöpfung und ein durchbrochener Wille ins Gesicht geschrieben. „Ob sie auch solche Dinge durchmachen mussten wie ich und … ich und … Boah, wie heißt der? Leon, Toko … Ne, das ist ja der da. Toko! Toko?" Kawaki, der auch nicht weiß, dass Lilya „Lilya" heißt (so wie ich es verstanden habe), sitzt so weit entfernt vom Lagerfeuer wie möglich. Durch das Feeling des „Verbrennens" hat er schiss davor, zu nahe am Feuer zu sein. Schon seit er ein Bursche von ungefähr sieben Jahren war, hatte er Angst vor den Flammen. Kawaki ist auch schon vor den meisten hier *erwacht* und tat alles, um sich gleich mit den anderen gut zu stellen. Das merke ich daran, dass er sich entspannt mit den anderen austauscht. Auch Lilya hält das für schlau, um zu überleben, braucht man Hilfe. Allein, ohne die Hilfe von anderen Menschen, kommt man nicht weit. Auch wenn sie gerade quasi behauptete, dass ihr egal ist, was jetzt noch mit ihr passiert, ist der Überlebensinstinkt größer als ihr eigener Wille. Sie reißt sich am Riemen und fragt Tokoyami lauter, als sie es geplant hatte: „Wenn du schon von uns verlangst, dass wir von unseren Erlebnissen erzählen, dann solltest du uns erst deine preisgeben." „Hast recht", gibt er gleich offen zu. „Sag, kennt ihr euch schon?", fragt die gelangweilte Frau. „Nee wieso?", wundert sich Lilya über diese Vermutung. „Naja, du kennst seinen Namen, Toko", schlussfolgert sie. „Den hat er uns doch schon längst verraten. Vielleicht kennst du ihn ja." „Nee, woher? Ich kenne seinen Namen ja nicht", ergibt es von vorne bis hinten keinen Sinn. „Wusstest du … man kann jemanden auch kennen, ohne seinen Namen zu wissen", schweifen Lilys Augen leicht zu Kawaki. „Bestimmt sind du und dieser Toko-" „Tokoyami bitte …" „-Verbündete und vielleicht für alles hier verantwortlich." Lilya merkt spätestens zu dem Zeitpunkt, dass sie das mit dem Gutstellen mit den anderen bereits vermasselt hat. „Reg dich ab! Ich habe lediglich gefragt, ob ihr euch kennt. Brauchst nicht gleich Verschwörungstheorien aufstellen", wirkt die Frau nun alles andere als gelangweilt. Irgendein random Opi mischt sich ein: „Wenn das meine Mutter erlebt hätte, wäre sie entsetzt gewesen. Sie hat den echten Krieg miterlebt und was erlebe ich? Einen Zickenkrieg." „Könntest du lauter sprechen, Schatz, ich höre doch so schlecht", bittet die Frau den alten Mann. Auf ein Neues sprechen alle durcheinander. „Toll! Hauptsache Omis und Opis hier. Die werden sicher eine große Hilfe sein!" „Genau und dieses durchgehend weinende, kleine Mädchen. Mit der steigt unsere Chance ja erheblich …" „So habe ich mir den Tod nicht vorgestellt", hört es nicht auf. Auch diese genervte, gelangweilte Frau beschwert sich: „Wenn ich gewusst hätte, dass ich nach meinem Tod so viel Dreck durchmachen muss, hätte ich mich mehr um mein Leben gekümmert." „Die Jungspunde heutzutage sind echt nur am Meckern." „Stell dir vor, wir wären früher auch so gewesen. Früher war alles besser", behauptet der Rentner zu seiner Frau. „Wieso müssen die Alten das immer sagen? Das ist doch vorne und hinten Schwachsinn", wehren ich und Lory, endlich hat sie ihren Namen verraten, uns. Solche Behauptungen über unsere Generation lassen wir uns nicht gefallen. „So kommen wir nicht weit", haut Tokoyami auf die Steinwand hinter sich und wieder werden alle leise. „Was für eine krasse Präsenz hat dieser Typ bitte?", sind alle in der Hölle sich ausnahmsweise einig. „Also dann, wie bereits erwähnt, heiße ich Tokoyami. Wenn es nicht anders geht, nennt mich meinetwegen Toko. Ich bin bereits seit, glaube ich, längerer Zeit hier. Ich-" „Wie lange denn?", spricht Lory dazwischen. „Wie lange? Das ist eine gute Frage. Ich habe keine Ahnung. Es könnten bereits einige Wochen vergangen sein, möglicherweise auch erst ein paar Tage. Es war die ganze Zeit, in der ich hier bin, hell, dann plötzlich herrschte das Unwetter und auf einmal landete ich hier. Zeitgefühl habe ich schon seit Langem oder Kurzem keins mehr. Uhren oder gar Kalender konnte ich, seit ich hier bin, überhaupt nicht mehr lesen." Das mit den Uhren kommt Lilya auch bekannt vor.

Die Menschen konnten uns nicht sehen, aber wir sie. Richtige Leute?! Beteilige auch ich mich an dem Gespräch. „Ja die sind sogar durch mich hindurch gelaufen", schließt sich der Blondschopf mir an. „Durch dich auch? Ich dachte, nur mir würde es so ergehen!" „Ich konnte sogar durch Wände gehen." „Konnte einer von euch zuerst auch nichts sehen?" Langsam wird das Gespräch geordneter. Zumindest lässt jeder jetzt jeden ausreden. Alle Äußerungen stimmen in den meisten Punkten auch mit meiner Wahrnehmung überein. „Schon klar! Wir alle sind gestorben, konnten zuerst vor Helligkeit nichts sehen und hören (bis jetzt). Unsere Augen gewöhnten sich nach einer Weile an das Licht und wir sahen wieder die Außenwelt und Menschen. Alles war nach wie vor in ein helles Licht getunkt. Die Menschen liefen wie durch ein Wunder durch uns hindurch. Eine gruslige Tür tauchte hinter uns auf, die, wie ich gerade sehe, bei allen immer noch da ist. Es fing an zu schütten. Der Regen verbrannte unsere Haut vollständig. Es fühlte sich jedenfalls so an. Habe ich irgendwas vergessen? Hat noch jemand was zu sagen?" Diese Zusammenfassung platzte selbstverständlich aus unserem Engel Kawaki heraus. „Eins muss ich ihm lassen, er hat Mumm", gibt Lilya leise zu. „Danke für diese wunderbare Zusammenfassung, die den Nagel tatsächlich fast auf den Kopf trifft. In ein paar Dingen muss ich dir leider widersprechen. Bei mir war es schon fast kein Regen mehr, es war starker Hagel, der mich erschlug", merkt Toko an „Ich bin im Regen fast ertrunken", teilt Lory mit. „Der Nebel war so kalt, dass ich daran fast erfroren bin. Von Regen war keine Spur zu sehen", erzählt die alte Frau, die von uns allen von nun an Omi genannt wird. „Gut! Dann wissen wir jetzt Bescheid, dass alles bei uns gleich verlief. Ausgenommen das mit dem Regen, der jeden auf unterschiedliche Weise fertigmachte. Und jetzt", klingt Kawaki missgünstig. „Gute Frage, das zu wissen, bringt uns nicht wirklich einen Schritt weiter", kommt von allen Seiten als Rückmeldung zurück. Dass mit der Tür und dass ALLE eine zu haben scheinen, bekommt niemand mit (oder will es einfach keiner?) „Hey du!", spricht Kawaki diesen Toko direkt an. „Was?", entgegnet dieser stumpf. „Du meintest, du hast gesehen, wer uns herbrachte. Wie waren die so? Wie viele waren es? Was kannst du uns alles über sie erzählen? Und nur so nebenbei, wieso hat niemand was zu dem Teil mit der Tür zu sagen? Ihr habt alle eine, seht ihr meine?", sprudeln alle angestauten Fragen heraus. „Es gibt wohl doch ein paar nicht so minderwertige Menschen hier", zeigt Toko uns sein wahres Gesicht? „Ich sehe nur meine graue Tür", hängt er an seine freundliche Bemerkung an. „MINDERWERTIG???", hören alle bloß diesen Teil aus Tokoyamis Antwort. Kawaki kommt die Idee: „Dem schiebe ich die Rolle des Arschloches zu und selbst nehme ICH die des Helden ein. Er meinte, er sehe nur seine graue Tür." Kawaki spickelt hinter Tokos Rücken: „Man ist die hässlich!" Wieso sieht er meine nicht? Warum scheint keiner all diese acht Türen in buntgemischten Formen, Größen und Materialien zu sehen? Sieht jeder bloß seine Tür?

Aber wieso sehe ich sie alle?" Ich weiß des Rätsels Lösung. Du bist tot, Kawaki, im Gegensatz zu den meisten hier. Glaub mir, wirst du noch früh genug rausfinden. „Chess … Sag doch auch mal was", bittet Toko den hübschen Blondie. „Was soll ich denn sagen? Ich gebe diesem Typen …", Chess zeigt auf Kawaki, „… voll recht. Erzähl uns von den Menschen, denen wir unser totes Leben, halb totes Leben, was auch immer, verdanken." Nach deren Interaktion merken alle. Chess und Toko kennen sich bestimmt schon aus ihrem Leben und (was wichtiger ist) der hübsche Blondie heißt Chess! Von der weiteren Konversation von Chess und Toko bekommt Kawaki, so wie ich das durch das glühende Lagerfeuer erkenne, nur noch wenig mit. „Vier Personen brachten uns her." Ja! Das war auch schon alles, was er mitbekam. Von dem einen auf den anderen Augenblick tritt in Kawaki wieder ein Unwohlsein hoch, was für ihn mittlerweile schon dazugehört. Überall knarrt es. Es klingt genauso wie neulich. Die Angst, sich umzusehen und nachzuschauen, was die Türen treiben, ist schlimmer als das Knarren selbst. Doch ehe er sich versieht, stoppte es auch schon wieder. Warum es knarrte, kann Kawaki sich nicht erklären, da ihm sonst nichts Besonderes auffiel. „Es steckt immer irgendwas dahinter", weiß er aber. „Also uns allen ist in etwa-", stockt Toko im Gespräch mit Chess. Er schaut so drein, als hätte er auch das Knarren gehört. Er glotzt panisch zu Kawaki. „PASS AUF! HINTER DIR", ruft er ihm zu. Anstatt irgendwie nach links oder rechts auszuweichen, guckt Kawaki nun hinter sich. „WAS??? … ein MONSTER", traut er seinen Augen nicht. Eine schwarze Bestie mit gelben Augen stürzt sich auf ihn. Dieses *Monster* sieht mehr als eigenartig aus.

Es besitzt die Form eines Menschen, aber überhaupt nicht die Struktur. Es hat keine Ohren, Haare, keine Nase oder Arme. Es hat aber sowas wie Hände, Beine hatte es auch (wie es aussieht). Und das? Sollen das Füße sein? Was Kawaki am meisten Schiss bereitet, sind die gelben Augen. Allein diese lösen in ihm einen Würgereiz aus. Es ist gruslig, keine Frage, aber eklig ist es ebenfalls. Die Bestie öffnet ihren Mund, der vorher gar nicht zu erkennen war, und Kawaki sieht sich schon inmitten dieser spitzen Zähne. Kurz bevor das Monster ihm den Kopf abreißt, stellt sich plötzlich seine Tür, sperrangelweit geöffnet, neben Kawaki. Sie ist nicht mehr nur etwas angelehnt. Nein! Sie steht weit offen. Seine Augen erfassen es zwar, bemerken tut er es allerdings nicht wirklich. Er ist etwas durch die scharfen Zähne und den gelben Killerblick abgelenkt. „DUCK DICH", schreit Toko. Kawaki reagiert gleich auf seine Anweisungen und Toko verpasst diesem Monster einen saftigen Tritt mitten ins vermeintliche Gesicht. Dass dieser Kick was bewirkte, wundert Toko, der sich damit selbst auch zu Boden kickte, am allermeisten. „Die Karatestunden haben sich also doch noch ausgezahlt", stolz und selbstbewusst, trotz seines Aufpralls auf dem Boden, überspielt er seine Schmerzen. Das Monster schleuderte er gegen die Höhlenwand. Die anderen im Raum sind einfach nur … vielleicht überrascht? „Schöne Vorstellung, was ist denn euer Problem!?" „Denen schenken wir gerade die ganze Zeit unser Gehör?" … Sie sehen es alle nicht. Ich kann es nicht sehen, Lilya kann es nicht und jeder andere, ausgenommen von Toko und Kawaki, ebenfalls nicht. Doch eines bemerken auch wir in Bezug auf das *Monster*, welches sich schon längst wieder von Tokos zweitklassigem Trick erholt hat. Diese starke dunkle Präsenz, die in jedem ein Unbehagen auslöst, selbst wenn wir sie nicht sehen, wir fühlen sie. Das Wesen steuert wieder direkt auf Kawaki zu, als wäre es komplett auf ihn fixiert. Diesmal kann Kawaki vor der nächsten Attacke (gerade so) selbst nach links ausweichen und das Wesen landet deshalb straight im Feuer. Es erlischt. Stockdunkel ist es von nun an. Nur zwei gelbe Augen blitzen aus dem Schwarzen hervor. Die beispielsweise Lilya, welche unbemerkt unmittelbar genau vor diesem Ding sitzt, natürlich nicht sehen kann. Das Monster wird zu allem Überfluss nach der Berührung mit dem Feuer nochmal doppelt so groß. Als hätte es an den Flammen des Feuers zugenommen. Zugenommen an Kilos und Wut. Doch weshalb ist es wütend? Kawaki stolpert nach seinem „Ausweichmanöver" über die ihn auslachende Lory. „Was für ein Clown", lacht sie. „Toll! Jetzt haben es zwei Monster auf mich abgesehen", graut es ihm. „Hast du mich gerade als Monster bezeichnet? Zu deinem Wohl hoffe ich doch, dass dies nicht der Fall war", ballt sie ihre Hand zu einer Faust. „Ich sag dir jetzt mal was, ich-", und schon wird Lory von Kawaki zur Seite geschubst, da er sie vor dem Monster retten will. Hätte sie das nur gewusst. „Jetzt reichts mir", krempelt sie nun auch noch ihre Ärmel nach oben und nimmt sich vor, Kawaki Vernunft einzuprügeln. Weit kommt sie durch die Dunkelheit allerdings nicht. „H-I-LF-E", schließt sie sich dem Geschrei an. „ettib hcim etter, ettib hcim etter", tauchte ein weiteres Monster auf, dass Lory fest am Kragen hält. „Oh Gott, woher kommt diese Stimme?" Die Unwissenden in der Höhle machen sich so klein, wie sie nur können, und pressen ihre Augen zu. Dieses neue Wesen kann auch noch sprechen (soweit man es so nennen kann). „Das hört ihr?", versteht Kawaki an dieser Situation wieder mal nix. Das Ding kommt zu hundert Prozent aus Lorys roter Tür. Leider bleibt es nicht bei diesen Zweien. Aus der Tür von Toko, die ungefähr halb offen steht, kommt ein weiteres Monster. Interessanterweise weißt dieses Monster keine Ähnlichkeiten mit einem Menschen auf. Es sieht fast so aus wie ein Hund oder vielleicht sogar eher wie ein Wolf. Alle diese drei Wesen sind von der Form her unterschiedlich, doch sie laden die Stimmung gleich schrecklich auf. Wie auch die Türen. Doch alle haben diese eine Gemeinsamkeit. So wie jede Tür einen Türrahmen und Knauf aufweist, hat jedes dieser Wesen diese furchteinflößenden, gelb leuchtenden Augen. Toko versucht, Lorys Monster auch einen Tritt zu verpassen, sodass es Lory fallen lässt. Doch das klappt nicht wie erhofft. Auch wenn er von Kawaki mit den Worten: „Hinter dir ist noch einer" gewarnt wird, tritt er nicht mehr das Monster von Lory, sondern steckt im Maul dieses wolfähnlichen Viehs. Lory wird in der Zwischenzeit von dem Monster, welches erstaunlich langsam ist und aussieht wie ein riesiger Golem, zu ihrer Tür verschleppt. Es will sie, wie es aussieht, in die Tür zerren. Genauso wie dieser Wolf es probiert. Er spuckt Toko wieder aus, packt sein Bein und schleift ihn in Richtung Tür.

Kawakis schwache Ausweichversuche werden immer schlechter. Er greift auf Plan B zurück zu ... rennen ... so schnell er kann. Nirgendwo gibt es einen Ausgang. Wir müssen doch auch irgendwie reingekommen sein. Es muss doch ein Licht am Ende des Tunnels geben. Doch zu Kawakis Erschwernis ist dieser Ausweg nicht zu finden. Kein Ausgang weit und breit. Es scheint, kein Ausweg zu existieren, doch dann eröffnet sich ihm plötzlich einer. Ein Gang. Ohne auch nur eine Sekunde darüber nachzudenken, huscht er in diesen hinein. Der Gang führt ihn immer weiter geradeaus.

Kein rechts, kein links, kein hoch, kein runter. Als wäre dieser Gang verflucht, als ginge es endlos so weiter. Trotzdem sprintet er, ohne einmal stehen zu bleiben, zurückzublicken oder auch nur ans Zögern zu denken, immer weiter. Alles im Wissen gerade von einem Ding verfolgt zu werden, dass ihn zu hoher Wahrscheinlichkeit in die unheimlichen Tiefen der Tür verschleppen möchte. Für ein paar Minuten zieht er durch und dann kommen wieder die Dinge ins Spiel, die einen in Dummheiten verwickeln, die einem das Leben erschweren und die einen immer wieder aufs Neue quälen. Die niemals ruhenden Gedanken. „Wieso bin ich so dumm und laufe davon? Wieso kann ich es mir nicht einfach machen und stehen bleiben? Weshalb quält mich der Gedanke zurückzublicken? Aus welchem Grund kann ich nicht zögern? Es gibt sowieso nichts, was mir bleibt. Selbst falls ich eines Tages zurück in ein normales Leben finde, wird es mir nicht besser ergehen wie im Hier und Jetzt." Kawakis vermeintlich letzter Schritt ist getan. Er verschließt seine Augen und wartet nur noch darauf, gefressen oder verschleppt zu werden. Doch dann ...

„Mensch! Du bist echt lebensmüde, geben dir 'ne Chance zu flüchten und du wirfst sie einfach so davon", tritt eine kräftige Stimme hinter diesem wilden Monster hervor. Dieses Monster gibt, so wie das von Lory, auch ein Geräusch von sich. In etwa hört es sich so an: „RONELE, ELERON, ELERON, ELENOR, NORELE ..." Ist dies sein letztes Gebet? Ist es daraufhin aus und vorbei? Und wie! „Nimm das, du wiederwertiges Ding", zerteilt

Kawakis Retter das Monster in zwei Hälften. Es fängt an, seine etwas menschliche Form zu verlieren und immer weiter in sich zusammenzusacken.

Als würde es wie ein Eis schmelzen. „EEEEEEEEEEEEEeeeeeee", der Hilferuf des Monsters wird immer leiser. Bis irgendwann kein Ton mehr aus ihm herauskommt. Zurück bleibt eine schleimige Pfütze auf dem Boden. Welche wie Kawaki, nachdem er drauf treten wollte, bestürzt feststellt, sich allerdings noch bewegen kann. Es kriecht auf einmal, wie eine superschnelle Schnecke, auf den Boden. Es sucht den Weg zurück in die Tür. Doch dieses Vorhaben wird von einer weiteren Person durchkreuzt. Die fängt das Monster an der Tür ab und sperrt es in einem sonderbaren Glaskäfig ein. „Hieraus entkommst du vorerst nicht mehr", garantiert sie der Gestalt. „Wolltest du dich deinem Crule wirklich einfach so hingeben? Was vergleichbar Dummes hab ich echt noch nie gesehen", lacht das Mädchen mit dem Glaskäfig in der Hand. Es ist allerdings kein Auslachen, sondern kommt einem Entsetzen viel näher ... „Wass?? So wäre das nicht gewesen. Ich wollte diesem Wesen nur eine ... nur eine verpassen", macht Kawaki einen auf mutig. „Du hast es doch auch nur eingefangen und nicht getötet, also sei lieber still", beschämt kann er nicht in ihr Gesicht sehen. „Dank mir kann es sich jetzt nicht mehr regenerieren. Also sei mir gefälligst dankbar. Aber klar, mit zugekniffenen Augen und zitterndem Körper hättest du den schwachen Crule besiegt. Das hätte ich schon gerne gesehen, nächstes Mal lassen wir dich ran!", jagt sie ihm einen Schrecken ein. „Lass ihn, Mailly, als du zum ersten Mal einem Crule begegnet bist, hast du dir wortwörtlich vor Angst in die Hose gemacht", unterstützt der Junge, der das Monster einfing, Kawaki. „Nenn mich nicht Mailly! Für dich bin ich Mai," regt Mai(lly) sich auf. „Ist ja gut, entschuldige Mailly, gehen wir zurück zu den anderen", schlägt er mit einem kleinen Grinsen vor. Mai's Killerblick ist aktiviert, doch bevor Akaio (der Typ mit dem Todesstoß), um sein Leben rennen muss, hält er es für das Schlaueste, sich einfach mit Kawaki zu unterhalten. „Ich bin übrigens Akaio", stellt er sich vor, „und du bist?", fragt er zwar, ist aber nicht im Ansatz interessiert. „Kawaki, ich heiße Yukimi Kawaki." „Freut mich, dich kennenzulernen, Yukimi", gibt er sich höflich. „Nenn mich bitte Kawaki. Nur meine Freunde dürfen mich Yukimi nennen", bittet Kawaki ohne jegliche Dankbarkeit für die Rettung. „Willst du echt behaupten, du hast Freunde, das glaubt dir doch niemand, Yukimi", ärgert ihn Mai. „Genug jetzt, kommt Beeilung! Es könnte jederzeit der Nächste auftauchen und wir …", Akaio deutet auf sich und Mai, „… können es uns nicht leisten, noch mehr Neulinge zu verlieren. Nicht war Mailly", erklärt Akaio, der als Neuankömmling damals gleich alles auf die Reihe bekam. Es gibt halt die Art von Personen, welche alles fast schon zu schnell auf die Reihe bekommen und es gibt Kawakis (die mehr Zeit brauchen). Die meisten, einschließlich mir, sind wohl eher Kawakis. Ist aber auch gut so, sonst wird es langweilig. „Toko! Und … das menschliche Monster, gehts euch gut?", kommt Kawaki zurück in die Höhle. „Warte!!! Ihr seid noch hier? Ich dachte, das Monster hat euch verschleppt …" „Wie du siehst, hatte es dank der beiden keine Chance. Den Umständen entsprechend gehts uns gut. Wir sind wenigstens nicht weggerannt", stachelt Toko ihn dumm von der Seite an. „L-O.R-Y beruhig dich! L-o-r-y alles gut!", buchstabiert Lory ihren eigenen Namen, da sie traumatisiert von dieser Begegnung ist. „Leider konnten wir bloß Kawakis Crule fangen, eure waren einfach zu schnell." „Crule? Was ist das?", haben alle Personen (einschließlich mir) keinen Plan (man kennts). *Crule, was bedeutet das?* Kawaki, Lory und Toko können sich unter dem Begriff auch nicht viel mehr vorstellen wie ich. Sie glauben, es sei einfach ein anderes Wort für Monster. Ist es nicht so? „Euer Crule ist im Grunde die Ursache, welche euch hierher verfrachtet hat. Es ist, was euch bedrückt und entsprang aus den schlimmsten Erlebnissen eurer Vergangenheit. Ein Crule ist nichts anderes als das Erzeugnis eurer Erfahrungen und eurer Prägungen", erklärt Akaio. „Und Mann, ihr müsst ja echt viel Scheiße erlebt haben, solche Crules habe ich schon ewig nicht mehr gesehen. Die waren sogar sch-… AAAUU", Akaio tritt Mai, die kein Blatt vor den Mund nimmt, auf den Fuß. Bevor sie noch zu viel ausplaudert, was meistens der Fall ist. „Es gibt nicht nur einen Crule. Jeder von uns hat unvorstellbar viele immer bei sich in seiner Hintertür stehen. Sie kommen raus, je weiter der Ausgang für sie offensteht. In den Übergangsphasen geht sie meist ein Stück weiter auf." „Übergangsphase?" ??? „Noch nicht einmal das wisst ihr? Ohhh Mann", sieht Akaio schwarz für uns. „Heyy! Vergiss nicht, sie stehen noch am Anfang", muss Mai dazu erwähnen, „Mal von den Phasen und den Crules abgesehen."

„Ihr wart doch vorhin zu viert! ... Wieso? Wieso seid ihr nur noch zu zweit?", verlangt Toko eine Erklärung. „Du hast recht. Wir waren zu viert. Zwei von unserer Gruppe sind in der Zwischenzeit gestorben. Für diese Welt eine gute Quote", rutscht es zu plump von Akaios Lippen.

„Wie tot? Zwei von vier? GUTE QUOTE? Sind wir nicht, um genau zu sein, alle schon irgendwie tot? Sind wir nicht tot? Leben wir noch?", stürmen Fragen an Mai und Akaio, kreuz und quer. „Danke für euer Mitgefühl unseres toten Teams", setzt Mai erstmals einen unhöflichen Ton auf. „Und ja, zwei von vier ist hier mehr als gut. Was war noch eine Frage? Nein, ihr seid noch nicht tot, immerhin noch nicht vollständig. Sagen wir es so, ihr habt noch eine Chance auf ein Leben, die ist aber tragischerweise schneller vertan, wie man gucken kann." Akaio geht mit den Erklärungen schon etwas zu sehr in die Tiefe: „Wenn ihr keine Sünden begangen habt, wird der Schlüssel zurück ins Leben euch gewissermaßen geschenkt. Wie ihr gelebt habt, hat Auswirkungen auf jetzt. Auswirkungen, ob euer Türspalt offen ist und Monster herauslässt, oder euch noch Zeit gegeben wird." Keiner weiß, was er sagen soll. Brauchen Zeit, um es zu verarbeiten und zu realisieren. Es ist, als würde das Gehirn es nie begreifen können. Lilya ist, wie ich bereits feststellen kann, eine sehr Emphatische. Sie kann es nicht länger ertragen, die verstummte Mai mit dem betrübt aussehenden Gesicht anzusehen: „Tut mir leid für euren Verlust. Es tut weh, Personen zu verlieren, die man gern hat. Ich hoffe, sie erlitten keinen qualvollen Tod." „Erlitten sie nicht. Es waren Geschwister, deren Zeit gleichzeitig abgelaufen ist. Die Beatmungsgeräte, die sie in ihrem ‚richtigen Leben‘ am Leben erhielten, wurden abgestellt." *Ist richtig keine Relativierung? Das Leben hier fühlt sich schon richtig an ...* „Das ist in dieser Welt der Tod, den man begehrt. Es gibt hier zwei Wege zu sterben. Entweder versagt dein Körper hier oder auf der Erde. Wir würden euch gerne noch mehr erklären, aber die dunkle Phase beginnt bald. Wir müssen uns langsam auf den Weg zur Stadt machen, sonst kommen wir nicht mehr durch das große Tor. Merkt euch eins, während der dunklen Phase kann niemandem getraut werden." *Dürfen wir euch dann auch nicht trauen? Kann ich den anderen hier trauen oder gar mir selbst? Wundert euch nicht über meine Gedanken. Ich dachte, ich teil sie euch manchmal mit.* „Die Stadt macht dicht, damit gefährlichen Crules, aber auch gefährlichen Menschen die Einreise verwehrt wird. Eins ist nicht anders, wie ihr es kennt, der Mensch ist hier ebenfalls das gefährlichste und machthaberischste Raubtier." *Da stimm ich zu.* Nach Akaio's letzten Weisheiten zieht sich Kawakis Bauch zusammen und er beginnt zu schwitzen. „Wieso hatte mein ... mein Crule ... eigentlich ausgerechnet die Form eines Menschen?", stellt er sich diese Frage, welche er nie mit uns teilen würde. Möglicherweise weil er Angst vor der Antwort hat? Niemand traut sich mehr irgendetwas zu sagen, sogar ich nicht und das bedeutet etwas. Wir alle sind bloß etwas überfordert. Es herrscht Funkstille. Bis ein Mädchen, dass nicht älter als zehn Jahre sein kann und im Rollstuhl sitzt, zu Mai fährt, sie an ihrer Jacke zupft und von ihr wissen möchte: „Wie viel Zeit habt ihr denn noch? Wie viel bleibt uns?" Mai formt in ihren Gedanken einen Satz zusammen, wie sie es einem kleinen Mädchen am besten beibringen könnte. Doch die Chance, ihren formulierten Satz auszusprechen, kommt erst gar nicht. „Die Tür ist ein Anhaltspunkt, wie viel Zeit einem bleibt. Je weiter sie sich in der Übergangsphase öffnet, desto weniger Zeit bleibt einem. Bei den meisten von euch sieht es noch ganz gut aus und die Türen sind gerade mal angelehnt. Bei anderen siehts jetzt schon ... nicht so gut aus. Bei ein paar von euch sind sie schon so weit offen, dass die Crules immer mehr nach drau-

ßen dringen werden. Die bevorstehende dunkle Phase zu überleben, wird sehr schwer für euch!", zwinkert Akaio Kawaki zu,
bei dem schon „der Tag der offenen Tür" ansteht. Akaio packt
seinen Rucksack und befielt Mai: „Heb endlich die Illusion auf."
Das kleine Mädchen, das jetzt noch fester an Mais Jacke hängt,
fängt an zu weinen. Sie bekommt Angst und fährt unabsichtlich auch noch mit dem Rollstuhl über Mais Fuß. „Mann, du
kannst echt gut mit gehandicapten Kindern umgehen!", unter-
drückt Akaio sein Ausgelache. „Achte DU lieber mal drauf, was
du vor kleinen Kindern sagst", entgegnet Mai mit pochendem
Fuß auf die Anforderung, die Illusion aufzuheben.

„Ist es nicht eh schon zu spät dafür, die Kuppel zu öffnen?",
springt sie auf einem Bein herum, da das andere sich anfühlt,
als würde es gleich abfallen. „Ach! Quatsch." „Das sagtest du
auch letztes Mal und dann ... du weißt ja, was dann war." *An den
beiden is was faul ...* „Bei dir sieht es ja ganz schlecht aus, Akaio",
schaltet Kawakis Gehirn etwas zu spät. „Sie steht bei dir schon
ganz offen. Dass deine Crules, oder wie auch immer die heißen,
dich noch nicht gefressen haben ... wird sich bestimmt bald ändern", schmunzelt er, man kann es nicht anders ausdrücken,
wie ein rachsüchtiges kleines Miststück. Auch wenn Mai und
Akaio sich oft streiten, verteidigt sie ihn: „Hey! So sollte man
nicht mit jemanden reden, der gerade deinen Arsch gerettet hat.
Ausgerechnet so einer bekam die Gabe, sie alle zu sehen. U-N-
F-A-I-R!" Kawaki sieht sich eindeutig im Recht: „Was denn, ihr
erzählt uns hier irgendwelche Geschichten, die hier eh keiner
kapiert und welche sich widersprechen." „Was widerspricht sich
denn?", möchte Mai es ganz genau wissen. „Zum Beispiel behauptet ihr, wenn die Tür offen ist, wäre man schon so gut wie tot,
was, wie ich an meinem Beispiel und Akaio sehen kann, nicht
stimmt. Außerdem behauptet ihr, wenn man keine Sünden begangen hat, kommt man einfach wieder zurück, da der Schlüssel zu dieser Tür einem quasi in die Hände gelegt wird. Wenn
die Tür offen ist, stirbt man doch, wieso sollte man dann den
Schlüssel in die Hand nehmen und freiwillig aufschließen? Die
Türen haben doch nicht mal verdammte Schlüssellöcher! Ihr

lügt doch wie gedruckt", angefressen rüttelt er Akaio hin und her. „Hey Kawaki, beruhige dich. Ich weiß, Vertrauen ist gut, Kontrolle ist besser, aber in dem Fall ist es umgekehrt. Kontrolle unmöglich, Vertrauen sehr schwer", will Toko, der Kawaki in Gedanken sogar teilweise Recht geben muss, ein Verständnis verschaffen. Genauso wie Lory, Chess und die meisten anderen. *„Reden schwingen kann jeder..."*, bin nicht nur ich der Meinung, bin nur ich die Sprechende. „Es ist ein Unterschied zwischen, wenn etwas passiert, was man beeinflussen kann, und, wenn etwas passiert, was man selber entscheiden darf. Beim Ersteren hat man absolut keinen Einfluss und die Entscheidung wird dir abgenommen. Ob du willst oder nicht." „Das war das Schlauste, was du jemals von dir gegeben hast Mailly", staunt Akaio. „MAI M-A-I, M-A-IIII." Akaio lässt sich nicht mehr rumrütteln und wendet sich Kawaki zu. Folgende Worte richtet er im Stillen nur an ihn: „Hör mir mal gut zu. Von einem Unwissenden wie dir lasse ich mich nicht provozieren. Das mit meiner Tür kannst du nicht beweisen, da sie niemand sehen kann, außer dir und mir. Und weißt du, weshalb ich noch lebe, trotz nicht finden des Schlüssels und offener Tür? Ich lebe noch, weil sogar meine Crules davor in die Hose kacken, sich mit mir anzulegen." Gänsehaut breitet sich über Kawakis Hals aus. Er weiß, wann er verloren hat und meint: „Dem ist wohl nichts hinzuzufügen. Hier sind echt nur seltsame Menschen, soo stark provozierend war ich überhaupt nicht", denkt Kawaki sich. „Also Mai", spricht Akaio endlich zu Mais Zufriedenheit ihren Namen so aus, wie sie es möchte. Woraufhin sie ihre Hände in die Höhe bewegt, sie seltsam in der Luft rumfuchtelt und diese Höhle ausgiebig mit Kälte ausfüllt. Das Lagerfeuer geht plötzlich wieder an *trotz Kälte?* und stößt blaue Flammen aus. Mai brabbelt derweil die Worte: *„Ignis go."* Welche so viel bedeuten wie: Feuer geh aus. Erst jetzt sehen wir alle die Gesichter unserer Retter (vorher wurde es ja durch Kawakis Crule dunkel). Mai ist für ihren Tonfall überraschend alt und Akaio im Gegenzug noch sehr jung (Er ist um die 20. Sie so Mitte 40). Beide tragen Uniformen, die komplett in der Farbe Weiß erstrahlen. Akaio hat schwarzes

Haar und feurig rote Augen. Mai hat braunes Haar und dieselbe Augenfarbe, welche einem etwas Angst einjagt. „Vielen Dank, dass ihr zurückgekommen seid", bedankt sich Toko bei den beiden. „Wir waren nie weg. Lass es uns so ausdrücken, wir haben euch vom Lagerfeuer aus zugesehen. Wichtiger ist … Habt ihr meine weiße Uniform gesehen? Ist die nicht toll? Viel schöner als eure ist sie auf jeden Fall!" Das kleine Mädchen, die zwei alten Rentner, die zwei Jugendlichen Chess und Toko, unsere Erwachsenen Hauptcharaktere Lilya, Kawaki (Ich natürlich auch) und die wieder geradestehende Lory (frische 27), sehen an sich runter. Wir tragen nicht mehr unsere gewöhnliche Kleidung.

Wir tragen plötzlich graue Uniformen, die viel billiger aussehen wie die von Mai und Akaio. „Ihr habt uns doch nicht umgezogen oder Mai …" Mai reagiert darauf nicht und weist lieber auf die eingebrochene Eiseskälte hin. Erst sehr erfrischend, doch schnell entwickelt sie sich von einer Erfrischung zur Qual. „Gerade war es doch noch kalt. Wieso ist es plötzlich heißer als in der Sauna", beschwert sich der alte Mann. „Was ist, wenn ich jetzt schmelze? Wie ein Eis", macht sich das kleine Mädchen, welches Lilya an sich selbst als kleines Mädchen erinnert, sorgen. Tatsächlich, es schmilzt etwas. Nicht das kleine Mädchen, keine Sorge. Die Höhle schmilzt. Was mehr als nur faszinierend mitanzusehen ist und Kawaki gleich daran erinnert, wie dieser Crule vorhin geschmolzen/in sich zusammen gesackt ist. Was sie sehen werden, nachdem die Höhle vollständig verschwindet, wird sogar noch viel unglaublicher wie alles andere zuvor. Ich denke in dem Moment:

„Diese Welt ist einfach nur ein Klotz Eis,
welcher gebrochen werden will, so wie die Erde
auch einfach nur ein Klotz Eis war,
der uns gebrochen hat …"

3.2

„Was um alles in der Welt ist das?", strahlen Toko und die anderen mit großen Augen Fragezeichen aus. „Das, ihr Lieben, ist das Lager der gefundenen Neuankömmlinge. Hier werden sie von uns Gruppenleitern aufgegabelt und gleich darauf zur nächstgelegenen Siedlung verfrachtet." Mai redet unbeeindruckt, als wären wir Neuankömmlinge, sowas wie Pakete zum Ausliefern. Sie hatte diesen Ausblick bereits etliche Male vor ihrer Linse. Die Fläche, auf der wir stehen, ist größer als unzählig viele Fußballstadions. Sie ist so groß, dass, wie Akaio uns erzählt, noch viele Orte unentdeckt blieben. Viele Bereiche, auch bereits bekannte, sind noch unerforscht. Aufgereiht auf dieser Fläche sind mehrere Tausend Kuppeln. Alle Kuppeln umgeben von totem Gras, toten Bäumen und Blumen. Nichts an dieser riesigen Landschaft sieht einigermaßen schön aus. *Liegt es, wie Akaio erklärt hat, an der anstehenden dunklen Phase?* „Normal würde es hier anders aussehen." *AHA.* Er meint noch dazu, alles sei in ein dunkles Licht getaucht, was tatsächlich auch so scheint. Lory gefällt die Aussicht, sie findet, es hat irgendwas. Was genau, weiß sie selber nicht, mit diesem Empfinden ist sie sowieso alleine. Sie würde am liebsten sofort alles auskundschaften und fängt mit „geradeaus" an: „3.333." Lilya, die vor ihr steht, sieht verwirrt drein. Doch als sie auf den Rücken von Toko, welcher vor ihr steht, schaut, versteht sie. Sie versteht, weshalb Lory diese vermeintlich zufällig ausgewählte Zahl sagte. „Ihr seid Gruppe 3.333! Von was weiß ich wie vielen. Wie ein paar bemerkt haben, steht diese Nummer auf eurem Rücken", geht Akaio auf die Äußerungen seiner *Gruppe* ein. Sofort versuchen alle, ihr Kinn über die Schulter zu heben, um die schwarz aufgedruckte Nummer 3.333 auf ihrem Rücken selbst zu lesen. „So viele Gruppen gibt es? Wie kommt eine so hohe Zahl zustande?", stellt Toko diese hohe Zahl infrage. „Wie? Überlegt mal, wie viele Menschen auf unserer Erde im Koma liegen, an einer schweren Krankheit leiden, in der ‚realen' Welt als eigentlich nicht mehr überlebenstauglich gelten. Die schon als tot abgestempelt werden, wobei sie es noch überhaupt nicht sind. Alle diese Menschen kommen in diese Welt. Wie dem auch sei, folgt mir!", weist Akaio sie an und alle laufen ihm voller Fragen, Überwältigung und einer weiterhin herrschenden Angst brav hinterher. „Müssen wir jetzt an 3.333 Kuppeln vorbeigehen?", ahnt Toko Schlimmes. „Keine Sorge, dabei würden wir krepieren. Wir laufen nur zum nächsten Stützpunkt." *Sind wir Soldaten, oder was? Denkt Toko und eins kann ich sagen, in gewisser Weise schon. Woher ich das Weiß...?* Von da an bin ich raus. Keine Ahnung, was Mai und Akaio noch so plappern. Ich ziehe Lory und Lilya heimlich mit zu einer der vielen Kuppeln. „*Welche Nummer das wohl ist? Was darin gerade wohl so alles geschieht?*", frage ich nicht gerade aus Interesse. Wir sind schon seit einer gefühlten Ewigkeit unterwegs. Langsam klappen auch mir die Beine zusammen. „Schauen wir doch nach, was da drin vor sich geht. Durch Gegenstände (wie Kuppeln) können wir ja gehen!", macht Lory den Vorschlag. „Das würde ich lieber bleiben lassen!", hält Akaio die zwei auf, die schon dazu bereit waren, ihren Kopf in die Kuppel zu stecken. „Wenn man von außen in diese Art von Illusion eingreift, kann das schwere Folgen haben. Nur die Illusionisten, auch Tabdoor (Tabs) genannt, sind dazu imstande", bringt Kaio uns bei. „Zu spät!!!!", schreit Lilya panisch, denn ihr Kopf steckt schon inmitten der Kuppel 3.075. „ALLEMANN IN DECKUNG! Das ist keine Übunggg!", kreischt Mai uns alle, so laut sie nur kann, an. Alle suchen Schutz hinter der nächsten Kuppel und warten darauf, dass gleich etwas in die Luft gejagt wird. „Seltsam? Eigentlich müssten wir jetzt in Tausende von Teilen zerfetzt sein. Das kann nur eins bedeuten, du bist genauso wie ich ein Tab. Deshalb konntest du in das Werk eines anderen Tabs eingreifen. Glückwunsch. Es kommt viel Arbeit auf dich zu", gratuliert Mai glücklich und freut sich über den Nachwuchs. „Wow! Wo bin ich hier? Hawaii?", staunt Lilya nicht schlecht. „Komm da raus!", zieht Mai sie aus dem Paradies. „Es ist unhöflich, in das Werk anderer Tabs einzudringen, du hast noch viel zu lernen Neuling." Lilya wäre am liebsten auf ewig in

dieser Kuppel geblieben. *Für 'n Kurzurlaub wär ich auch zu haben.*
„Ein Tab? Was ist das, Mai?", möchte Lilya natürlich erfahren.
Mai weist sie ab, es sei nicht ihre Aufgabe, ihr das zu erklären.
Dafür sei die WS notwendig. Was damit wohl schon wieder gemeint ist? Kein Plan. „Wir haben keine weitere Zeit zu verlieren. Ab sofort bleiben alle in der Reihe, sonst kommen wir gar
nicht mehr an", kriecht Akaio hinter einer der Kuppeln hervor.
    „Ist nicht mehr weit, nur noch bis zur Nummer 3.000", verspricht er seiner faulen Gruppe, da alle schon über Muskelkater klagen. „Wir haben echt ein paar nützliche Personen in dieser Gruppe. Schon einen Tabdoor, einen Enter", flüstert Akaio
Mai zu, während sie weiter an Strecke zurücklegen. „Was ist ein
Enter?", belauscht das kleine Mädchen die beiden. „Das werdet
ihr noch früh genug erfahren", schreckt er auf. „Hey Mai, auf
die Kleine müssen wir gut aufpassen. Die hört echt alles", warnt
er Mai vor dem kleinen Mädchen im Rollstuhl, das es wirklich
sehr schwer hat über diesen trockenen und rissigen Boden zu
fahren. „WOW! Was für ein riesiger Turm", beeindruckt wie ein
Kind, das seinen ersten Legoturm gebaut hat, staunt Chess.
„Willkommen im Stützpunkt unserer Einheit. Nummer 3.000",
heißen Akaio und Mai die Neuankömmlinge nun ganz offiziell
willkommen. Nur blöd, dass keiner der Neuankömmlinge etwas von dieser Begrüßung mitkriegt. Überall Menschen. Hier
ist ein vollkommener Trubel im Gange. Was uns alle verwundert, denn auf dem Weg hierher war kein Mensch, abgesehen
von uns. Viele weitere Gruppen, die alle genauso verwirrt aussehen wie wir, eilen um den Turm. „Jeden Augenblick könnte
es losgehen", tuscheln die meisten von ihnen voller Hoffnungslosigkeit. Dieser Trubel erinnert Kawaki an den Trubel in seinem Leben, den Trubel in der Firma. Die Menschen wieder zu
hören, empfindet er als seltsam und es erinnert ihn an etwas:
    *„Schnell! Renn!", „Hilfe Mama! Ich hab Angst, Mama? MAMA
MAMA!, Wo bist du?", „Wieso windet es so? Wieso wackeln die Fenster?" „Es wurde doch kein Sturm vorhergesagt."*
    In Kawaki's Kopf fliegen menschliche Stimmen herum, die
all das gerade erwähnten, voller Hass, zu ihm sagten. Ein Bild

hat sich ebenfalls in seinem Kopf eingenistet. Er kann es aber irgendwie nicht vervollständigen, da ihm gerade abseits davon, etwas anderes mehr beschäftigt. Dinge, welche er insgeheim sehr fürchtet. Er läuft *unauffällig* vor zu Mai und tippt sie, ohne eine Spur von Zurückhaltung, an: „Wo hast du dieses Wesen in dem Glaskäfig hingetan?" Er bekommt das Bild, das dieses Wesen in ihm hervorruft, nicht aus seinem Kopf. „Ach das? Ist schon längst wieder ausgebüxt", lässig klopft sie ihm auf die Schulter. „Wie bitte?", hofft er, sich zu verhören. „Man kann einen Crule nicht einsperren. Oh, wie schön das wäre, es würde uns hier einiges an Arbeit ersparen. Die Glasbox war genauso eine Illusion, wie es jede einzelne Kuppel hier ist. Der Crule ist schon, seit er die Illusion durchschaut hat, wieder in den Tiefen deiner Tür unterwegs", verklickert sie ihm und spürt mit allen Sinnen sein Grauen. „Aber es kommt doch wohl nicht wieder raus oder????" „Doch! Es und viele Weitere können wieder herauskommen, vor allem bei so einer Tür wie deiner. Die bittet gewissermaßen schon darum", macht sich Akaio ein Spaß aus Kawakis Angst *(Was Dümmeres hätte er nicht tun können).* Hätte übrigens nie vermutet, dass Kawaki so ein Schisser ist. „Halt die Klappe Akaio. Mach dir keine Gedanken Kawaki. In der Stadt kommen sie nicht heraus. Dort bist du geschützt", verspricht Mai ihm hoch und heilig. „Dann sollten wir vielleicht einen Zahn zulegen", hat Kawaki es plötzlich zu eilig und läuft deshalb gegen einen der vielen toten Bäume. Die gesamte Gruppe (ausgenommen Kawaki) muss lachen. Chess kippt vor Lachen sogar fast um und kann sich den Kommentar „Zwei Dinge gleichzeitig sind wohl nicht deine Stärke" nicht sparen. Vor lauter Gesprächen und Lachen über Kawakis kleinen Unfall und auch trotz der hier herrschenden dunklen Atmosphäre entsteht ein kleiner Auflockerungsprozess. Alle bekommen irgendwo ein bisschen das Bild von Sicherheit vermittelt, da sie sich jetzt alle im „Rudel" bewegen. Wir sind sogar so vertieft ins Auslachen und Sprüche klopfen, dass wir gar nicht merkten: „Wir sind schon am Tor?" „Ich kann euch nicht durchlassen, zumindest nicht die Unnützen unter euch. Tut mir sehr leid. Die Stadt hat sich schon in den Verteidigungsmodus begeben. Ihr seid mal wieder zu spät aus der Kuppel gekommen. Ihr lernt es nie Mai oder?" Vor einem übermächtig großen Tor steht ein breit gebauter Mann, der unsere Gruppe 3.333 nicht mehr hereinlassen kann oder eher möchte? „Mach eine Ausnahme für uns!", bettelt Mai. „Das kann ich nicht, ich weiß, wie die letzte Ausnahme ausging, sowas kann ich nie wieder riskieren", schlägt er die Bitte ab. „Wir werden sterben, wenn wir nicht reinkommen", gibt Mai die Hoffnung nicht auf. „Du und Akaio dürften rein! Nur die Neulinge müssen ihrem Schicksal ins Auge sehen. Wir können ihnen nicht trauen." Bei allen „Neulingen" dreht sich der Magen einmal um: „WIE? Ihrem Schicksal überlassen???", bohrt Lory vorsichtig nach. „Wenn ihr hier draußen bleibt, ist es so gut wie aus für euch. Ihr habt noch überhaupt kein Training oder Ähnliches durchlebt", will er uns für etwas bestrafen, wofür wir nichts können. „Wir haben einen Enter und einen Tab", sucht Mai nach Argumenten für den Einlass. „Tatsächlich? Das könnt ihr mir schon jetzt mit Sicherheit garantieren?" „Ja, können wir! Zum Beispiel sie-", Akaio zeigt auf Lilya. *Tabs und Enter sind für diese Stadt, was sag ich da, für diese Welt pures Gold.* „Sie konnte in eine der Kuppeln eindringen, ohne etwas dabei zu zerstören." „Selbst wenn das stimmt, wie könnt ihr es wagen, eure Neulinge in die Kuppeln sehen zu lassen? Außerdem wird das Tor heute nur noch einmal geöffnet, damit die Enters und Tabs ausrücken können und dass wir, die Wächter, in Sicherheit kommen", lässt der Wächter nicht locker. „Seht ihr die ganzen Menschen die hier noch stehen? Keinem von ihnen gewähre ich Zutritt!" Lilya sieht sich um. So viele Menschen werden hier ihrem Schicksal überlassen? „Gut, dann bleiben wir auch hier!", steht Akaio, überraschenderweise *bin ich wirklich geschockt*, für seine Gruppe ein. Der Wächter schüttelt den Kopf. „Dich und Mai kenne ich, ihr kommt herein. Die Neulinge bleiben draußen." Seine Meinung scheint unveränderbar. „Gut! Wir haben zwar immer weniger kompetente Leute und hier schon zwei mit eindeutigen Fähigkeiten, aber wenn du es sagst", verliert Akaio langsam die Geduld. „Vertrau uns, gib uns eine zweite Chance", bittet Mai inständig. „Wenn diesmal wieder etwas passiert, übernehmt IHR die volle Verantwortung!", bekommt er schon bei dem Gedanken Magenkrämpfe. Mai schafft's also doch noch. Der Wächter lässt uns passieren. Ich werde das Gefühl nicht los, dass Mai diesen Wächter mehr als gut kennt. Wie der Zufall es will, läutet eine Glocke in diesem Moment (Glocke vom Turm, der vom Aussehen eher zu einem Kloster tendiert). „Tretet ein paar Schritte beiseite, das Tor wird nun geöffnet." Dieses *Tor*, von dem der Wächter nun beiseitetritt, könnte man eher als bröckligen Bogen aus merkwürdigem Gestein, *was Lilya zu gerne erforschen würde. Ich ehrlich gesagt irgendwie auch*, bezeichnen. Bei diesem Tor fehlt es augenscheinlich an etwas, um es zu öffnen. Das Tor selbst! In diesem Tor ist nichts. Nur weitere Kuppeln und weiteres zerstörtes Land. Vielleicht sind es die nächsten 2.000 Kuppeln? „Seht mal", macht das kleine Mädchen uns aufgeregt aufmerksam: „Das ist wie bei einer Burg!!!" Hoch oben auf dem Turm, ungefähr neben der Glocke, kurbeln die Wächter ein Seil hoch. So als hätten sie vor, das Tor zu öffnen, welches schon weit offen steht, *gar nicht existiert*. „Ist das ein schlechter Scherz?", ist sie enttäuscht von dem, was sich weiterhin hinter diesem „nicht Tor, aber doch Tor" befindet. „Das soll die Stadt sein? Also das Land scheint noch toter als hier", schließt Lilya sich der Enttäuschung an. „Ich laufe keinen Schritt mehr", bekommt Chess wieder den Muskelkater zu spüren und lehnt sich an den Baum, gegen den Kawaki vorhin knallte. „Seid froh, in der Area 3.000 zu sein. Ihr könnt euch gar nicht vorstellen, wie es bei den 1.000ern aussieht!" Akaio ist empört darüber, diese Beschwerden von seiner Gruppe zu hören. Bevor er damit anfängt, alle Dinge aufzuzählen, wofür sie gerade dankbar sein sollten, blitzt es wie aus dem Nichts aus dem baufälligen Tor. Ein junger Mann, mit einem langen Schwert in der Hand, jubelt: „Wurde langsam mal wieder Zeit", eine Frau mit einem Schutzschild, die dem Jungen nur zustimmen kann, gefolgt von noch zwei weiteren Personen folgen ihm. Zwei mit Pfeil und Bogen, deren Grinsen fast breiter ist als das „Tor", jagen ebenfalls hinterher. Sie sind einfach so aus dem Nichts erschienen. Als wären sie von diesem dunklen schwarzen Himmel gefallen und nun huschen sie an den Kuppeln vorbei. In der Zeit, in der sie und ein paar Weitere aus dem Tor hervorspringen, vernimmt man lautes Gejubel. Ein Gejubel von was weiß ich woher. „Wer sind die?", möchte die Omi, ganz erschrocken von so vielen jungen Menschen, wissen. Das sind die Menschen, die uns das Leben in der Stadt ermöglichen, die gegen die tiefsten Gefahren dieser Welt ankämpfen. Wir sind die Gruppe 3. 333 und die gehören zu Team Nummer eins", meint Mai voller Begeisterung und Stolz, doch gleichzeitig verbunden mit einem gewissen Grad an Trauer. Akaio sieht das Team an, als wären sie ihm ein Dorn im Auge. „Ich dachte, den Gruppen 1-1000 gehts so schlecht", mischt Toko sich in diese unlogische Behauptung ein. „Sie sind nicht Gruppe eins, sie sind Team eins. Gruppe und Team sind Unterschiede wie Tag und Nacht. Nur die Besten kommen in ein Team. Ihr werdet das alles noch früh genug in der WS lernen", stellt Kaio klar. „Was ist mit dieser WS?", fragen wir uns alle. „Jetzt oder nie", drängt uns der Wächter, der schon das Szenario im Kopf hat, es selbst nicht mehr rechtzeitig in die nicht zu entdeckende Stadt zu schaffen. „Also los, gehen wir", ausgerechnet Lory strotzt voller Elan und in der Sekunde, in der sie mit ihrem Fuß die Türschwelle überquert, ist sie wie vom Erdboden verschluckt. Mai möchte ihr direkt folgen und ist schon dabei, das Tor zu durchqueren, doch dann dreht sie sich nochmal um und merkt, dass niemand weiters sich auch nur einen Schritt bewegt: „Am Boden festgewachsen? Wir haben nicht ewig Zeit. Bitte, wenn ihr verhungern wollt! Ach wartet, dazu kommts erst gar nicht. Ihr werdet vorher noch von den wilden Crules gefressen." Dieser eine Satz genügte, um uns anderen Feuer unterm Hintern zu machen. Wir rennen los, als ginge es um unser Leben, *darum geht es ja auch letztendlich*. Beinahe jeder von uns, ausgenommen von mir, sonst wüsste ich es nicht, macht vor dem Eintritt in die Türschwelle die Augen zu. Als sie wieder ihre Augen öffnen, fühlen sich alle nach langer Zeit wieder wie normale Menschen. Überall stehen alt erbaute Häuser, überall Geschäfte, der Duft von frischen Brötchen und das schöne Licht der Sonne prasselt auf uns ein. Mitten auf den Straßen findet ein riesiges Fest statt. „Auf eine gute Ernte! Auf Team Numero eins! PROST!!", stoßen ein paar Leute mit ihren Biergläsern an. Wie Chess später bemerkt, ist dort überhaupt kein Bier drinnen, sondern bloß stinknormales Wasser. Wie er das gemerkt hat? Er hatte sich während Mais langweiliger Geschichtsstunde zu dieser alten Stadt sofort zu den Säufern hingestellt. Toko, der bei dem Wort „Ernte" festhängt, ist von Anfang an skeptisch. In dem Punkt verstehe ich ihn auch. Wir alle sahen totes Gras, tote Blumen, sogar einen gewissermaßen toten Himmel. Was gibt es da schon zu ernten? „Ok, genug zur Stadt. Wir müssen weiter, um seine Ansprache nicht zu verpassen. Also los, bewegt eure Ärsche!", stoppt Akaio Mais Erzählungen. „So wie die meisten hier habt ihr es euch nicht verdient, zu feiern", setzt er einen dunklen Ton auf. Doch dieser bewirkt überhaupt nichts, da jeder durch den schönen Gesang des Chors abgelenkt ist. Dieser steht in einem wunderschönen weißen Pavillon. „Ach, lass sie doch. Das ist das Normalste, was sie seit keine Ahnung wie lange erleben", drückt Mai ein Auge zu. Akaio seufzt: „Gut. Du und du, ihr könnt hier bleiben und von mir aus bei dieser Polonaise da mitmachen. Feiert von mir aus, bis euch schlecht wird. Ihr seid hier die Unwichtigsten", zeigt er mit seinem Finger auf die von ihm ausgewählten Personen. Diese setzten sich aus Chess, der irgendwie durchs Wasser betrunken wurde, und mir zusammen. Ich steh immer noch zwischen Lilya und Lory und denke mir bloß: Toll, muss ich echt mit dem abhängen? „Hey und was ist mit mir?", hofft Kawaki, eher fahrlässig, insgeheim darauf, aufgezählt zu werden. „Du, Toko, diese beiden Frauen da, das alte verheiratete Ehepaar (stehen schon an einem Schaufenster und bringen ein: „Wie viel kostet das hier wohl?", raus.) und das kleine Mädchen. Ihr kommt mit uns." „Sag doch einfach, die beiden bleiben hier und ihr kommt mit", drängt Mai ihn, da sie um ihren *„Zeitdruck"* Bescheid weiß. „Wir müssen unbedingt zu der Phasenansprache und berichten, dass ihr schon jetzt Crules aus der Tür entkommen habt lassen." Das alte Ehepaar zeigt sich genervt. Omi stammelt: „Aus diesem Ding hinter mir ist doch gar nichts herausgekommen." „Das ist richtig. Doch ich denke, eure alten Knochen könnten eine Pause vertragen. Oder etwa nicht?" Irgendwie respektlos und ohne Rücksicht auf Mai, die nicht aufhört, ihn zu drängen. „Wie kann man in einer Welt, in der keine Zeit existiert, überhaupt zu spät kommen?", findet Toko zu einem unpassenden Moment einen wichtigen Gedankengang, der leise vor sich hin vegetiert. Woraufhin ich gleich denke: Stimmt?! Außer mir beachtet niemand Tokos Bemerkung, auch wenn sie ziemlich gut ist. Das Ehepaar antwortet, nachdem endlich wieder eine Chance zum Sprechen da ist: „Pause? Wir sind fitter als jeder Einzelne von euch, wenn wir tot sind, haben wir genug Pause", steckt Opi voller Erkundungslust. „Ihr kommt mit. Ich weiß euren Tatendrang zwar zu schätzen, aber es ist leider nicht verhandelbar", wird Akaio rauer im Ton gegenüber den alten Menschen. Das Ehepaar, welches keinen Bock auf Stress hat, gibt klein bei. „Ach … wenn sie es ohne uns nicht aushalten, kommen wir ihnen zuliebe gerne mit", geben sie, Akaio's Stirnfalte sei Dank, endlich nach. „Und wieso ich? Aus meiner Tür kommt nichts raus und meine Knochen sind noch voll intakt", versucht Lilya sich, da auch ihr der Geruch von Zuckerwatte (HÄ, Zuckerwatte, hier?) in die Nase steigt. „Du bist zu hoher Wahrscheinlichkeit ein Tab, du musst so schnell wie möglich eine Einführung bekommen. Bevor du noch dämlich mit deinen Fähigkeiten umgehst", gibt Mai ihr zu verstehen. „Was für Fähigkeiten? Ich und irgendwelche außergewöhnlichen Fähigkeiten? Wer's glaubt, wird selig! Hab ich so eine Kraft wie du?", belächelt sie Mais Vermutung. Das kleine Mädchen muss auch mit, was aber niemanden weitestgehend interessierte: „Das Mädel wäre ohne uns aufgeschmissen, da sie noch so jung ist." Machen wir uns nichts vor, eigentlich tut es jeder ab, da sie im Rollstuhl sitzt. Ich komme mir echt unwichtig in dieser Situation vor, aber bin auch froh, dass ich das Fest genießen darf. Ich gesell mich einfach zum anderen Ausgestoßenen. Auch wenn ich von Chess nicht gerade begeistert bin, könnten wir zusammen auf den Flohmarkt gehen oder die alten Häuser besichtigen. Ich gebe es vor ihm nicht zu, doch ich hab ein bisschen Bock darauf. „Los Bewegung, wir sollten gehen, bevor die Parade hier ankommt, sonst bildet sich hier noch Stau", hört Mai mit ihrem Gedränge nicht auf. „Kann doch nicht schaden! Je schneller wir diese komische Welt verstehen, desto besser", hat Toko wieder mal recht, doch sogar er will die leckere Zuckerwatte nicht missen. Kawaki ist auch in Teilen froh, weiterzugehen und mehr von der Architektur dieser Altstadt zu sehen. Akaio kauft uns für sieben Hinos (die Währung hier) ein paar Wasserflaschen: „Nahrung ist auch in dieser Welt nicht unerlässlich." Daraufhin laufen sie in Richtung eines riesigen Palastes. Akaio weiß, niemand würde sich trauen, zu verschwinden, und dreht sich deswegen selbst nach dem zwanzigsten Haus nicht einmal um. Mai im Gegenzug viel zu oft, nur um sicher zu gehen, dass ihnen wirklich jeder nachläuft. „Schon witzig. Am Anfang habe ich gedacht, Mai wäre die Strengere von den beiden, doch Akaio ist ja viiiiel strenger." Kawaki spricht Lilya zum ersten Mal nach ihrem „Streit" an. Seine vorherige Ignoranz schiebt er beiseite, wie nie dagewesen. „Mmmhh", presst sie ihren Mund zusammen und schaut überall hin außer zu Kawaki. Akaio bewegt sich derweil schneller, um vorwärtszukommen. Kawaki und Lilya (Kawaki merkt, Lilya zeigt ihm die kalte Schulter) geben ihr Bestes, Akaio einzuholen. Dieser vernimmt die Stimmen seiner fragenden Anhänger zwar (Toko vorne mit dabei), doch da er eh weiß, worum es geht, reagiert er erst gar nicht. Er redet lieber mit Mai, die gerade die Gründe aufzählt wieso ... wieso ... Wenn du nicht mit gehst ... war es das für dich! Das wird dein sicherer Tod", mit sorgenerfülltem Blick und den Tränen gefährlich nahe sieht sie Akaio an. Toko denkt nach: „Was haben die beide wohl für eine Beziehung zueinander? Sind sie Freunde? Verwandte ...?" Mai und Kaio bleiben ohne Vorwarnung stehen. Bis zum Schloss sind es allerdings noch einige Meter. Vor ihnen wieder eine riesige angesammelte Menschenmasse. Diese Masse steht gebannt zum Schlosseingang gerichtet, als würden sie auf irgendwas warten. „Wo kommen die nun alle her?", wird Toko langsam verrückt davon, manchmal eine Masse an Menschen zu sehen und dann wieder keine Menschenseele. Akaio und Mai blieben so unerwartet stehen, dass auch Lilya unerwartet stehen bleiben muss, da sie ja genau hinter Akaio ist. So läuft sie ihm genau in den Rücken. Tokoyami in Lilyas Rücken, die Omi in Tokos … Sie möchte sich entschuldigen, bemerkt aber, dass Akaio durch ihren unbeabsichtigten Schubser voll auf dem Boden gelandet ist. Lilya hat nun eine Heidenangst vor Akaios Standpauke, sie dreht sich zu Toko um. Beide müssen schmunzeln, besser gesagt, alle schmunzeln mit Ausnahme von Akaio. Sogar Menschen von anderen Gruppen: „So gehen die mit ihrem Gruppenleiter um, peinlich!" „Dass Neulinge so respektlos sein können", werten sie uns ab. „Jetzt wissen wir wenigstens, dass niemand mehr durch uns durch gehen kann", zieht Lory ihre Erkenntnis daraus. „Das fällt dir erst jetzt auf?", kann es Toko nicht glauben. „Hast du etwa schon vergessen, dass du versucht hast, durch die Parade zu gehen und daran völlig gescheitert bist?", erinnert Toko sie. „Stimmt, da war ja was!", gibt sie ihm recht. „Danke für die Nachfrage! Mir gehts gut", verstimmt und sauer schaut Akaio Lilya an. Nicht etwa, weil der Aufprall wehtat, sondern da niemand sich um seinen Gesundheitszustand sorgt. Er bemüht sich, den Dreck vom Boden auf seiner weißen Kleidung mit der Hand etwas abzuklopfen. Im Wesentlichen macht er es damit nur noch schlimmer, denn er verschmiert den Dreck total. Seine weißen Klamotten sind auf einmal braun. „Um die Reinigung kümmert ihr euch! Damit das klar ist." „WIR? Das war doch Lilyas Schuld", fühlt sich Lory unfair behandelt. Was Akaio weitestgehend nicht hört, da Lorys Meckern von einer Trompete übertönt wird. „Heyyyy, hört auf, so hässlich zu tröten …", schreit Lory etwas zu laut. „Hmm, hmm. Guten Tag. Es freut mich sehr, dass ihr trotz des Festes alle erschienen seid-", dringt ein Ton vom Eingang des Schlosses. Alle Gruppenleiter verbeugen sich und fast jedes Gruppenmitglied tut es ihnen gleich. Mit ein paar Ausnahmen. Erst als Akaio ihnen droht, sie im Schlaf heimzusuchen, gehen auch die Köpfe der Truppe 3.333 nach unten. Kawaki ist erstaunt. Er hatte nun mehr als genug kaputte, alte und hässliche Türen gesehen. Doch die Schönheit dieser Tür, die dem offensichtlich zutiefst verehrten Menschen dort vorne gehört, ist schlichtweg unbeschreiblich. Nur komisch, dass sie weder Türgriff noch Knauf hat. „-Ihr alle müsst ziemlich am Ende, verwirrt und verängstigt sein. Doch glaubt mir, dazu gibt es hier absolut keinen Grund mehr-", geht seine Ansprache nun richtig los und er tastet sich immer weiter ans neue und alte Volk heran. „Es gibt keinen Grund dazu? Ich glaub, der hat keine Ahnung, was wir alle durchgemacht haben", hält Lory die Worte dieses Menschen, nachdem alle sich wieder aufrichteten, für nichts weiter als Stuss. Der Mann, der tatsächlich normale schwarze, etwas altmodische Alltagskleidung trägt (die Kawaki neben dieser Tür ebenfalls bewundert), geht ein paar Schritte rückwärts. Als hätte er gerade genau gehört, dass sie etwas Negatives über ihn gesagt hat. „-Ich weiß, ihr glaubt, ich habe keine Ahnung, was ihr alle durchgemacht habt. Doch dasselbe, was jeder Einzelne von euch durchstand, habe auch ich durchgestanden-", geht er gruselig genau auf Lorys Bemerkung ein. Das macht Lory sehr perplex. „Ihr kommt genau zur Zeit der dunklen Phase, in der wir bald mitten drin stecken werden, zu uns. Diese tritt sehr selten auf, da wir, seit wir hier sind, jegliches Zeitgefühl verloren haben, können wir sie allerdings nicht zeitlich einordnen. Die Forscher dieses Phänomens schätzen so alle sechs Monate. Wenn sie auftritt, ist es für die Menschen hier drinnen eher ein Segen als ein Fluch. Wir können schlafen, was wir in dieser Welt meistens nur zu dieser Zeit können. Der Schlaf überdauert fast die vollständige Phase. Also wundert euch nicht, wenn das Licht ausgeht. Die dunkle Phase über ist das so. Wenn wir aufwachen, kommt die schwierige Übergangsphase und dann geht es über in die helle Phase, die zeitlich genauso lange erscheint wie die dunkle. Was für jeden zu beachten ist, wäre das ALLE nach dem Glockenschlag auf ihren Zimmern bleiben. Diese teilen euch anschließend eure Gruppenleiter mit. Leider können wir nur auf euren Zimmern eure Sicherheit gewährleisten. Ihr könnt wieder aus dem Zimmern gehen, wenn eure Leiter euch abholen und das Licht wieder angeht. Ihr werdet eh nicht viel mitbekommen, wenn ihr wieder aufwacht, ist alles so wie jetzt.

Dann könnt ihr endlich die WS (Weltenschulung) besuchen", hält der Mann einen Crashkurs zu den Phasen und bringt uns zeitgleich die nicht zu missachtenden Regeln näher. „Gott! Sind das viele Infos auf einmal", versucht Toko, wie er nun mal ist, sich jede einzelne Info zu merken. Es tut mir leid, dich zu enttäuschen, Toko, aber es geht noch weiter: „Die Enters und Tabs von Team eins bis drei gehen für uns, für euch, raus ins Ungewisse (zumindest das Ungewisse in dieser Phase). Sie riskieren ihr Leben für uns. Sie sorgen dafür, dass wir hier ein gutes Leben führen können, genug zu essen haben und der Spur dieser Welt immer näher kommen. Sie tun alles dafür, dass wir alle zurück ins Leben finden werden. Man könnte gewissermaßen sagen, wir befinden uns hier gerade zwischen den Welten. Zwischen Leben und Tod. Seht diese Welt nicht negativ, seht sie als zweite Chance-", spricht er in hohen Tönen und voller Respekt dafür, was die Enters und Tabs alles leisten. Seine Worte lassen einen wirklich innerlich etwas zur Ruhe kommen, dies liegt nicht nur an der sanften Stimme des Mannes, sondern auch an seiner entspannten Ausstrahlung. Seine Worte sind noch nicht alle gesagt: „Auch durch euch wird uns das Leben in dieser Stadt ermöglicht. Wenn die dunkle Phase nicht jeden Moment hereinbrechen könnte, kämt ihr schon jetzt in die WS. Nur die Personen unter euch, die besondere Fähigkeiten vorzuweisen haben, bekommen leider einen Platz dort. Die Ausbilder, welche sich aus Team 3 zusammensetzen, sind alle aktuell ihm Einsatz. Deshalb kommt erstmal in dieser Welt an, versucht etwas zu schlafen und denkt darüber nach, wie ihr, wie wir es schaffen können, unsere gegebene Chance auch gebührend zu nutzen. Bei Fragen könnt ihr euch jederzeit an eure Gruppenleiter wenden und zur Not auch an mich. Ich danke euch für eure Aufmerksamkeit." Während seiner gesamten Ansprache sprach der Mann konstant und klar, er bewegte sich im Raum herum und schaute jedem einmal ins Gesicht.

Mann, wie ich diesen Typen hasse. Der Mann zieht sich langsam in den Palast zurück. Er lässt einen Haufen etwas *„hoffnungsvollerer"* Menschen zurück. „Gut, nun zum weiteren Vorgehen", beginnt (ohne Witz) jede Gruppenleitung gleichzeitig. Akaio wollte auch so fortfahren, doch als er in die Gesichter seiner Gruppe spickelt, merkt er, dass sie alles andere als Hoffnung ausstrahlen und wartet noch. Alle dieser vielen Augen schauen ihn an, als ob sie vorhätten, ihn gleich mit Fragen zu bombardieren. Deshalb ist sein erster Satz nicht „Gut, nun zum weiteren Vorgehen" sondern: „Fragen beantworte ich später", was der Gruppe überhaupt nicht schmeckt. „Heyy! Der hat aber gesagt: Bei Fragen sollen wir uns **jederzeit** an die Gruppenleitung wenden. Zur Not gehen wir jetzt halt in den Palast und fragen diesen gutaussehenden gruseligen Kerl", droht Lory in höchster Lautstärke, was Akaio sichtlich peinlich berührt. Er versucht, höflich zu bleiben. „Ich verspreche euch, später jeder eurer Fragen Aufmerksamkeit zu schenken. Aber zuerst müsst ihr den Unterkünften zugeteilt werden. Ihr wollt ja wohl nicht im letzten Loch landen! Oh Mann … Wir schaffen es nie, den Zeitplan einzuhalten, stimmts Mai", schweift er selbst vom Thema ab. Toko fragt automatisch wieder: „Kein Zeitgefühl, jedoch trotzdem ein Zeitplan???" „Später Toko, später", klopft Mai ihm auf die Schulter. Aufgrund dessen, dass Akaio gerade jeden Grund des Zu-Spät-Seins aufzählt (alle seine Gründe liegen an der Gruppe), fährt Mai fort: „Das Ehepaar und das Mädchen … verratet mir mal, wie ihr eigentlich heißt?", bemerkt Mai, sie weiß ein paar Namen noch nicht. „Mein Name ist Sierra", vertraut das kleine Mädchen Sierra Mai ihren Namen an. „Was haben sie gesagt meine Liebe?", verstehen Omi und Opi akustisch die Fragestellung nicht. „Vergesst es … das Ehepaar und Sierra gehen mit Akaio nochmal kurz in den Palast und erstatten Bericht." Nachdem wir die Zimmerverteilung erhalten, (vorne wird anhand der Gruppenzahl die Zimmerzahl von einer Person im blauen Anzug ausgelost) sammeln wir (Toko, Lory, Lilya, Kawaki) noch die beiden Unwichtigen beim Fest ein … die jetzt hoffentlich keinen Mist angestellt haben und gehen anschließend zur Unterkunft. Dort angekommen richten wir uns ein", zeigt Mai uns ihren Plan auf. „Wieso teilen wir es so auf?", will Toko wissen. „Wieso willst du eigentlich immer alles wissen?", kotzt Mai die Fragerei von Toko mächtig an. Sie antwortet ihm dennoch: „Damit den Alten der ganze Weg zurück zum Fest erspart bleibt. Und was glaubst du bitte, wie anstrengend es ist, einen Rollstuhl durchgängig in Bewegung zu halten? Außerdem-" „-Bis jetzt habe ich noch keinen gesehen, der Sierra auch nur ansatzweise helfen wollte", unterbricht Akaio und macht kurzen Prozess mit Tokos Frage, zugleich verpasst er uns auch noch ein schlechtes Gewissen. „Weitere Einwände???"

„... Wer hätte gedacht, dich und Chess ihn einer Karaokebar aufzufinden?", teilt Lory sichtlich überrascht mir und Lilya auf unseren zugewiesenen Zimmern mit. Die Glocken läuten bereits (nein, wird nicht geheiratet), dies deutet darauf hin, dass das Licht, welches noch brennt, schon bald erloschen sein wird. ... Ich hätte selbst nicht gedacht, heute noch in eine Karaokebar zu gehen, geb ich Lory von meinem weichen kuscheligen Bett aus zurück. Und ich hätte echt nicht gedacht, dass die Betten hier so bequem sind, wechsle ich schnell das Thema, um nicht mehr über meinen peinlichen Karaokeauftritt mit Chess zu sprechen. Lory stimmt mir zu: „Hast recht und auch das Zimmer ist generell größer, als ich es mir vorstellte. Es war klar, dass wir uns das Zimmer teilen werden, aber ist ja völlig ok. Komisch ist, dass es keine Fenster hat. Bestimmt nur ne Sicherheitsmaßnahme. Das Beste ist, wir müssen nichts zahlen." Stimmt! Schon etwas seltsam ... Wie heißt die Währung hier noch gleich? „Keine Ahnung. Ist für uns sowieso irrelevant. Finde ich persönlich gut, aber natürlich ist, was man dafür alles bekommt, etwas eingeschränkt", äußert Lory all ihre Kritikpunkte. „Wisst ihr was?", beteiligt Lilya sich doch noch an unserem Gespräch. „Hier läuft doch irgendwas komplett verkehrt!" Ihre Skepsis gegenüber der Stadt kann sie nicht verheimlichen. „Was denn? Läuft doch gerade gut für uns", kann Lory Lilys Skepsis nicht nachvollziehen. „Ich kann es auch nicht so wirklich beschreiben, hab einfach ein komisches Gefühl bei der Sache. Es ist alles zu einfach", dreht Lilya sich im Bett um und starrt, so wie vorhin in der Höhle, regungslos an die Decke. „Sagt mal ..., weshalb seid ihr eigentlich hier?", gähnt Lilya müde und möchte sich von ihrem schlech-

ten Bauchgefühl ablenken lassen. Lory fängt direkt ohne Extra-
einladung an zu erzählen: „Hab mich selbst umgebracht." Ich
und Lilya sind uns nicht sicher, ob sie es ernst meint, da sie so
glücklich aussieht.

„Eine Familie hatte ich nie und über Freunde brauchen wir
erst gar nicht reden. Das Einzige, was ich hatte, war meine Arbeit, die mich nichts als unglücklich machte. Ich wurde drogen-
abhängig und alkoholsüchtig. Dann bin ich eines Morgens auf-
gewacht und wollte einfach nicht mehr. Ich konnte einfach nicht
mehr. Hab mir die Pulsader aufgeschnitten, aber anscheinend
war ich nicht gründlich genug, sonst wäre ich nicht hier." Ich bin
überrascht, dass Lory, die immer diese „ist mir egal"-Haltung
aufsetzt, uns ihre Geschichte einfach so mitteilt. Wir sind praktisch Fremde, ist es … weil sie uns vertraut? Oder weil sie uns
vertrauen muss? Die Geschichte hat mich und Lilya jedenfalls
sehr getroffen. Wir haben keine Ahnung, was wir darauf antworten sollen, doch Lory weiß es. „Ich will eigentlich gar nicht
zurück. Ich würde sogar lieber von diesen Crules gefressen werden", zieht sie die Stimmung tief in den Grund. „Wie war es bei
euch denn?" Erst schweigen wir beide, aber es jetzt nicht zu erzählen, wäre irgendwie unfair Lory gegenüber. Also bei mir …
Ich blick zu Lilya rüber. Ich bin nicht sicher, ob ich jetzt meine
Geschichte erzählen soll oder nicht. Lilya lächelt mich an und
ich denke mir nur noch: Wieso nicht? Ich fange an zu erzählen:
Ich wurde ermordet … Jemand hat ein Messer durch mich durch
gestoßen und mir somit mein Leben genommen. Mit meinem
Leben wurden mir auch meine Kinder entrissen. Ich versuche,
mich so kurz wie möglich zu fassen. Ihr habt richtig gehört, ich
hatte Kinder. Sehe gar nicht so alt aus, oder? Mir kullert fast eine
Träne über die Wange. „Du hast dich gut gehalten, deine Kinder
wären bestimmt stolz auf dich", einfühlsam steigt Lilya von ihrem Bett und tätschelt meine Schulter. Dieser Moment hat mir
viel bedeutet. „Alsoooo. Ich wurde totgefahren!", streckt Lilya
ihre Hand in die Luft. „Dreimal dürft ihr raten von wem … Kawaki." Von KAWAKI?! Seinen Namen allein auszusprechen, fühlt
sich für Lilya falsch an. „Kanntet ihr euch in eurem Leben?",

möchte Lory wissen. „Nicht wirklich. Ich kannte ihn etwas. Als Kinder haben wir uns (glaub ich) während des Frühlingsfestes kennengelernt. Danach sahen wir uns aber nie wieder. Ich bin mir aber unsicher, ob es der gleiche Yukimi ist. Ich kannte einen Yukimi, dessen Nachname allerdings Chabi und nicht Kawaki war. Der war ein wahrhaftiger Sonnenschein, weshalb ich mir nicht vorstellen kann, dass ER das war. Diesen Yukimi Kawaki habe ich hundertprozentig als Erwachsene kennengelernt." „Wie denn?" *Warum interessiert Lory das denn so?* „Bei einem Postkasten hab ich einen Brief für ihn, von seinen Eltern, reingeworfen und er kam im selben Moment mit einer Bierflasche und Süßigkeiten in der Hand ... Ach, ist eigentlich egal. Fakt ist, er ist ein miserabler Autofahrer!!!", ist Lilya mit ihrer Geschichte fertig. „Wie Brief von seinen Eltern? HÄ?", kann Lory nicht ganz folgen. Eins ist klar, dass mit dem Bier und den Süßigkeiten hört sich eher nach DEM Kawaki an. „Meinst du? Ist auf alle Fälle ne lange Geschichte ..." Nachdem wir uns noch etwas über Kawaki, diese Welt und über unsere „alten" Leben austauschten, wünscht Lilya ihrer Tür...Wer weiß noch ihren Namen? CASSI eine gute Nacht. Alle außer mir schlafen nach der von Lory gestellten Frage: „Wer ist Cassi?" ein. Das Licht brennt noch. Im Zimmer der Jungs, bestehend aus Toko, Kawaki und Chess, ist an Schlaf noch lang nicht zu denken. Alle drei liegen stumm und in Gedanken versunken im Bett. Toko versucht, seine Gedanken zu ordnen und nochmal alle erhaltenen Informationen durchzugehen. Chess ist in Gedanken noch in der Karaokebar und bekommt den Liedtext eines bestimmten Songs einfach nicht mehr aus dem Kopf. Kawakis Gedanken können sich nicht entscheiden, worum sie sich drehen wollen. Die Stille kann Kawaki gar nicht ab. Er springt von seinem Bett auf. „Echt unglaublich! Die verlangen von uns nach alldem zu schlafen. Wir dürfen die Zimmer nicht verlassen? Haben die uns eingesperrt?", schüttet er sein Herz an Chess und Toko aus. Nicht gerade hilfreich. Toko meint dumpf: „Stör mich bitte nicht, bin am Nachdenken." Kawaki kann und will nicht verstehen, warum die alle so gelassen sind. Alles treibt ihn langsam in den Wahnsinn. Nein, eigentlich nicht alles. Das, was ihn in den Wahnsinn treibt, ist die Angst, dass aus diesen Türen, die er überall sieht, wieder so ein Ding herauskommen könnte. Was laut Mai hier nicht passieren kann, aber was man hier glauben kann und was nicht, ist eine andere Frage. Ohne das, was Toko die ganze Zeit macht (logisches Denken), läuft Kawaki vor lauter Zorn zu der Tür des Zimmers. Er reißt sie ohne zu zögern auf. „Haaa, nicht mal abgeschlossen?", versteht er nun nicht einmal mehr die Sicherheitsvorkehrungen. „Mach sie wieder zu! Wir wurden ausdrücklich darum gebeten, in den Zimmern zu bleiben.

Halte dich gefälligst daran, wer weiß, was sonst passiert!", überkommt Toko eine sofortige Panik. „Bitte, dann mach ich sie wieder zu, damit ihr hier schön in Sicherheit lebt." Dieses *ihr* bereitet Toko schon jetzt Kopfschmerzen. Kawaki geht auf die andere Seite des Türrahmens und knallt die Tür lautstark zu. „So ein Idiot!", flucht Toko. Chess schüttelt den Kopf, ach nein, mein Fehler, er macht nur eine Tanzbewegung. Wie der Zufall es will, erlischt das Licht mit dem Zuknallen der Tür. Es ist stockfinster. Auch wenn es eigentlich keine Steigerung von stockfinster gibt, hier existiert sie. Kawaki, der Schisser, denkt gerade bloß an ein Sprichwort: „Augen auf und durch." Jede erdenkliche Wand rempelt er an, planlos wandert er herum und bekommt bereits nach seinen ersten Schritten kalte Füße. Wie wir wissen, hat er es nicht so mit Orientierung und Zurückfinden in der Dunkelheit. In eine andere Tür zu gehen, hält er auch nicht für clever. In jedem Zimmer ist ein Alarmknopf und er will alles andere als auffliegen. Er biegt mal links ab, mal rechts, stößt seinen Fuß unzählig oft an und dann … erscheint wieder unerwartet ein Licht am Ende des Tunnels. So schnell wie möglich stürmt er auf dieses Licht zu. Dieses dringt, wie sollte es auch anders sein, aus einem Türspalt hervor. Erst hat er Bedenken: „Wäre es schlau, diese Tür zu öffnen?" Wer weiß, was dort möglicherweise auf ihn wartet. Doch da es in seinen Augen besser ist, als weiterhin planlos in unendlich vielen Gängen herumzulaufen (es sind wahrhaftig Zimmer und Gänge in Massen), öffnet er sie kurzerhand. Ganz langsam drückt er die Türklinke nach unten. Das folgende Ereignis schockiert ihn, egal wie man es dreht und wendet. Auf dem Teppich dieses Zimmers sitzt eine ihm *vertraute* Person.

Es ist Akaio. Er kniet vor seiner Tür. Seine Hände gefaltet und er ist dabei zu beten. Das Licht, welches durch den Türschlitz des Zimmers funkelt, tritt aus der offenen Tür, vor der Akaio sein Haupt beugt. Was Kawaki daran am meisten verwundert ist, dass Akaio sich null wie sonst gibt. Er bricht in Tränen aus. Soooo richtig. „Falls es dich gibt Gott ..., vergib mir. Vergib mir, dass es weiter Opfer gefordert hat. Ich wollte sie nicht ausliefern. Wirklich nicht, aber wenn ich es nicht getan hätte, wäre Mai dran. Wenn ich Team eins nicht um die Strecke gebracht hätte, hätte er Mai um die Strecke gebracht. Dass Mai was passiert, kann ich nicht zulassen. Mögen Team 1, die kleine Sierra und das alte Ehepaar in Frieden ruhen", er verschluckt sich beinahe an seiner herausquellenden Spucke und seine Tränen fließen wie ein Wasserfall. Sein Kopf knickt nach vorne ein und fällt zu Boden. „Sie sind meine Opfergaben an dich, er hat mir erlaubt, sie ausnahmsweise dir zu überliefern, da du Mai dann vielleicht verschonst. Es tut mir so leid ... ich will auch sterben, ich will getötet werden. Bitte töte mich. BITTE ...", findet er kein Ende. „Ich kann Mai nicht allein lassen, bring sie auch um. Bring sie doch um ... Haaha ... Mach deine Drohung doch wahr. Erlöse uns beide. Ich gehe freiwillig in die HÖLLE und sie soll in den Himmel. ICH BITTE DICH! Ich möchte wieder zu ihm", wie auf seine verzweifelte Bitte hin schießt ein Arm aus seiner Tür. Eine übergroße Hand packt ihn am Hals. Diese Hand ist bereits am Verfaulen, oder wie es riecht zu verwesen. Sie versucht, ihn zu ersticken und so seine Lichter für immer auszuknipsen. Wobei es eher so aussieht, als würde es seinen restlich verbliebenen Lebenswillen aus ihm herauszapfen. Kawaki kann nicht länger hinsehen. Die Luft ist noch da, aber auch er ist fast nicht mehr in der Lage zu atmen. Er stolpert, beim Versuch lieber doch einfach abzuhauen über seine eigenen Füße und plumpst in das hotelmäßige Zimmer rein. Kawaki wird das Gefühl nicht los, dass überall Sünden in der Luft schweben und auch ihn langsam ersticken. „I-i-i-i-i-st da-a-a-a-as-ss w-w-wahr? Du hast Sie-ie-ier-ra und d-d-das Ehepaar getöt-öt-ötet?", stottert er luftringend am Boden. Akaio vergießt eine weitere, langsam herunterkullernde Träne. War dies seine letzte Träne? Sein bloßer Blick sagt mehr als tausend Worte:

„Es ist wahr. Ich habe sie getötet."

Kapitel 4

Kommt zu mir zurück

4.1

Die graue verwesende Hand zieht sich langsam in Akaios Tür zurück. Er steckt weiterhin zwischen der geballten Faust, welche seinem Hals keine Sekunde von der Seite weicht. Kawaki kommt der Situation entsprechend wieder etwas runter. Natürlich ist er weiterhin voll von Entsetzen darüber, was hier gerade passiert. Der Hand und vor allem Akaio gegenüber. Was Akaio laut seiner eigenen Aussage getan hat, bringt ihn genauso zum Kotzen wie diese miefende Hand. Trotzdem steht Kawaki vorsichtig auf. Er denkt daran, einzugreifen, indem er das Schwert, das Kaio eigentlich immer bei sich trägt (welches er beim Beten zur Seite legte) nimmt und angreift. Doch wieso sollte er? Er findet: „Akaio ist ein Mörder, der gerade sogar darum bettelte, zu sterben. Ich misch mich da nicht ein." Er ist wieder gewillt, das Zimmer zu verlassen. Als er sich allerdings in Richtung Ausgang bewegt, kommt aus dem Nichts ein Lichtblitz auf ihn zugeschossen. Kawaki duckt sich. Der Blitz trifft nur die übergroße Hand. Er ist so powervoll, dass die Hand Akaio fallen lässt und sich zurück in die Tür verzieht. „Akaio, du IDIOT", ruft die ange … blitzte Mai, die sofort überprüft, ob er noch am Leben ist. „Wieso hast du nichts gemacht?", nörgelt sie Kawaki an. „Er hat um den Tod gebeten. Wieso sollte ich, der keine Art von Kampferfahrung hat, mein Leben für ihn riskieren? Für jemanden, der es sowieso beendet haben will?", hofft er auf Mais Verständnis. „Bist du bescheuert? Vielleicht weil du ihm dein

Leben verdankst? Vergiss nicht, er hat dich aus dem brennen-
den Regen gezogen", trauert Mai bereits um Akaio, der von nun
an nicht mehr bei uns ist. *Ruhe in Frieden.* „Sein Herz, es schlägt
nicht mehr. Er ist erstickt ... Warum nur er?", kann Mai Akaios Tod nicht akzeptieren. ~Es regt sich etwas. ~ „Hast du das
gesehen? Er hat sich bewegt. Er hat seinen Arm bewegt. Er ist
noch nicht tot", hat sie noch Hoffnung. „Sicher. Hab's auch gesehen." Gefühlskalt sieht Kawaki herab zu Akaio, da es ihm ziemlich egal ist, ob er tot ist oder eben nicht. Das Einzige, was er
sich noch von ihm wünschen würde, wäre eine gute Erklärung.
Auf die kann er, wenn es sein muss, aber auch gut verzichten.
~Akaio bewegt seinen Fuß.~ „Wie? So ganz ohne Herzschlag ...
Er hat doch nicht etwa? Nein! Niemals." Mais Blick lenkt von
Kaio ab, direkt auf die Tür, die sie als Nicht-Enter normalerweise gar nicht sehen würde. „Ich kann sie sehen! Er muss es getan haben", wirkt sie erfreut, aber auch leer. Kawaki überlegt,
was sie damit wohl wieder meint, aber Fragen möchte er nicht.
Wer weiß, was für Leichen in ihrem Keller schlummern. „Ich
muss da rein", entscheidet sie. „Bist du geisteskrank? Wenn du
dort reingehst, war es das bestimmt für dich", warnt Kawaki,
der selbst keine Ahnung hat, wie es dort drinnen vor sich geht.
„Du verstehst es nicht, er hatte seine Schuld schon dem Leben
gegenüber beglichen. Nur wegen mir ist er hier geblieben. Das
heißt, eigentlich durchläuft seine Tür schon längst den Abbau-
prozess", redet sie wirres Zeug, von dem Kawaki keine Ahnung
hat: „Was soll das bedeuten?" „Seine Tür müsste normalerweise,
nun schon seit Längerem, in sich zusammenfallen. Er hat den
Schlüssel für seine Tür eigentlich schon bei sich, entschied sich
jedoch dafür, ihn nicht zu benutzen. Es ist sehr selten, dass man
die Wahl hat zu entscheiden, gehe ich oder bleibe ich? Er hatte
vielleicht dieses Privileg. Seinen Schlüssel muss er dann wohl ...
AH, ich weiß. Er muss ihn in der Tür versteckt haben, sodass sie
nicht zufällt und er hier bleiben kann. Deswegen kann ich sie
sehen." Mais Hoffnung kommt stückchenweise zurück. „Wenn
wir den Schlüssel finden, wird er vielleicht durch seine bereits
getane Buße zurück ins Leben katapultiert. Hier ist er schon tot,

aber dort ... Einen Versuch ist es wert." „Buße? Wovon redet die
da? Er tut keine Buße, er tötet Menschen", sagt Kawaki voll zu-
rückhaltender Verachtung. „Was?", versteht Mai sein Geflüs-
tere nicht. „Ach, vergiss es", möchte Kawaki ihr Bild von Akaio
nicht zerstören. Mai wirft Akaio über ihre Schulter (Mann, ist
die stark) und legt ihn in das Bett des Zimmers. Sie nimmt sich
schnell noch Kawaki beiseite und lässt ihm, so freundlich wie
sie ist, die *Wahl*: „Wenn du mitkommst, hätte ich einen Enter
an meiner Seite. Zwar einen Nutzlosen, ohne Ausbildung und
dazu noch einen ziemlich undankbaren. Doch ohne irgendeinen
Enter an meiner Seite, einen der meinen langjährigen Begleiter Akaio in allem nachsteht, sinken sogar meine Chancen auf
null." „Wieso sollte ich mitkommen? Ich habe, wie gesagt, nicht
vor, für den zu sterben", stellt er sich Mais Vorstellungen quer.
„Ganz einfach. Du hast keine andere Wahl." Sie packt Kawaki
am Ärmel und zieht ihn in die weiterhin weit offenstehende Tür.

TÜR – AKAIO IZUKI

Das Gefühl, welches Kawaki beim Eintritt in Akaios Tür verspürt, ist abscheulich. Es wird sogar noch abscheulicher, als er
das Innere erblickt. „Woww ... Na dann los! Gibt es irgendwas
Wichtiges, was Akaio noch zu dir gesagt hat?", kommt Mai so
rüber, als hätte sich ihr Gemütszustand kein Stück verändert.
„Sag mal, wie kannst du so ruhig bleiben." Kawaki's Magen
macht Überschläge. Ihm wird speiübel. Er kotzt, ohne zu kotzen. Seine Gesundheit spielt vor Überwältigung verrückt. „Stimmt!
Du warst noch nie in einer Tür. So wie es dir gerade geht, ging
es mir auch am Anfang", tut sie so, als hätte sie Ahnung, wie
dreckig Kawaki sich fühlt. Kawaki hätte geantwortet, doch vor
lauter Übelkeit ist es ihm unmöglich. „Stell dich nicht so an!
Früher oder später wäre eh dein erster Einsatz gewesen", zeigt
Mai absolut keine Gnade. Das trägt Mai nach außen, doch in
ihrem Inneren sorgt sie sich: „Was der Bursche, als Enter, wohl
gerade alles sieht?" Sieht er etwas anderes als Mai? „Jetzt komm
endlich! Hör damit auf, dich aufzuführen!", klingt sie gerade genau wie Akaio. „Ich mache keinen Schritt, so etwas Schreckli-

ches habe ich noch nie gesehen", brechen Kawakis Knie genauso in sich zusammen, wie Akaios gesamter Körper es gerade tat. „Was siehst du denn überhaupt?", weiß Mai nicht. „Weshalb fragst du so blöd? Ich nehme an, dasselbe wie du!", erbricht er auf ein zweites (nun aber wirklich). „Nein, was wir sehen, ist individuell. Ich sehe ..." Mai zögert. Sie tut sich schwer: „... Ich ... Ich sehe die prägendste Erinnerung, die ich von Akaio und mir habe." So eine sanfte und einfühlsame Stimme hörte Kawaki schon lang nicht mehr. „... welche Erinnerung?", verlangt Kawaki es etwas genauer. „Sie ist ... in ihr sehe ich, wie er in meinen Armen liegt. Meine schönste und gleichzeitig schmerzhafteste Erinnerung. Seine Geburt. Aus meiner Sicht sind wir gerade in einem Krankenhaus. Genauer gesagt in Zimmer 04. Dort habe ich meinen Schatz zur Welt gebracht." Mai strahlt vor Freude und vor Einsamkeit. Vor Freude wahrscheinlich, da Baby Akaio gerade das erste Mal in ihren Armen liegt. Vor Trauer, da sie ihn womöglich geradeben verloren hat und ihn auf die Welt zu bringen war ... Kein Wort wird diesen Schmerzen gerecht (Respekt an alle Mütter!). Noch etwas anderes scheint sie zu beschäftigen. Das kann man aber nicht allein in ihrem Gesicht erkennen. „Ist egal, was ich sehe. Ich bin kein Enter und werde von persönlichen Erinnerungen getäuscht. Nur Enter haben die Fähigkeit, mit ihren Augen alles Wahre in den Türen zu erkennen. Nur Enter besitzen die Fähigkeit, Türen und deren Besitzer zu durchschauen. Das Entscheidende ist also, was du siehst!!!", bewegt Mai ihn zum Reden, wofür er absolut nicht bereit ist. Über eine Sache kommt er noch nicht ganz hinweg und damit meine ich nicht seine Spucke. Es geht um ihre eben getätigte Erzählung. „SOHN? Der ist dein Sohn? WAS???" Es macht klick: „Kein Wunder, dass du ihn um keinen Preis verlieren willst." „Ja, erstaunlich, oder? Ich habe einen Sohn ... Aber wie gesagt, für dich ist das im Moment unwichtig. Was siehst du? Wehe, du lässt ein noch so winziges Detail aus. Beeil dich. Wir haben nicht ewig Zeit. Wenn wir uns nicht beeilen, **wird** die Tür mit uns zusammen untergehen", hat sie ihn hoffentlich zu einer Antwort getrieben. „WIE? Ich dachte, sie stürzt nicht ein, diesen Satz hab ich deutlich aus deinem Mund wahrgenommen." Sein Magen freut sich auf Runde zwei. „Ja! Das sagte ich. Ich meinte, sie stürzt nicht ein, wennnnn wir Glück haben." Kawaki, dessen Glück ihn schon lange verließ, kann nicht glauben, wie sie so etwas für sich behalten konnte. Er probiert sein Bestes und berichtet voller Ekel davon, was er vor sich hat: „Wir stehen … auf einem Feld, da wo vorhin auch die Kuppeln waren. Es sind jedoch keine Kuppeln zu sehen. Die Lichtverhältnisse sind auch anders. Es sieht alles so … so rötlich aus." Kawaki macht eine Pause, um sich etwas zu sammeln. „Rötlich ok. Steht anstelle der Kuppeln etwas anderes dort??" „Ich, ich, ich kann nicht." Kawaki rennt zurück zum Ausgang. Mai hält ihn natürlich auf, bevor er die Türschwelle überquert. „Du bist echt ein Weichei. Wenn du mir sagst, was du vor dir hast, lasse ich dich laufen. Versprochen!" Kawaki quält sich, rückt jedoch letzten Endes widerwillig mit der Sprache raus: „Es sind noch mehr tote Pflanzen und Bäume hier. Sie sind befallen … von Schimmel oder so. An den toten Bäumen hängen … es hängen … unzählig viele … tote Kinder, alte Menschen und auch ein paar Erwachsene … an ihnen. Teilweise ohne Kopf oder Arme, ohne Beine und Bauch. Die Körperteile, die fehlen, sehen aus wie abgebissen … Der Boden ist voller getrocknetem und frischem Blut und der Geruch-" Kawaki zerstört nun, ob er will oder nicht, in gewisser Weise Mais Bild von ihrem Sohn. Mai hält den zitternden Kawaki an seinem Arm fest. Er schaut so, als würde die Welt zusammenbrechen. Nach dieser Beschreibung dreht Mai sich um (von der Tür weg). Das Krankenzimmer, in dem sie sich befand, in dem der Arzt gerade verkündete, sie habe einen gesunden Jungen zur Welt gebracht, zieht sich zusammen und formt sich in exakt das, was Kawaki eben beschrieb. Sie lässt Kawaki los. Egal, wo man auch hinschaut, überall Leichen. „Er hat das getan? Niemals …" Sie hebt ihre Hand vor ihre Augen. „Er hat ihn tatsächlich angenommen? Man kann hier also wirklich niemandem trauen … Nicht einmal seinem eigenen Sohn." Von vorne bis hinten fassungslos bringt Mai erstmals kein Wort raus. Bis Kawaki ihr davon erzählt, worum Akaio gebeten hatte. Mai bleibt nicht länger schweigend. Sie beichtet Kawaki etwas, was Akaio ihr vor nicht allzu langer Zeit erstmals erzählte. Es geht um die Sache: Mord. Früher fanden im Laufe der dunklen Phase immer Hinrichtungen statt. Die Opfer waren keine Schwerverbrecher. Es waren alte und kranke Menschen oder Menschen mit Behinderungen. Sie betont dabei immer das **Früher**, mittlerweile soll es schon längst verboten sein. Das steht laut ihr auch so im Gesetzbuch. Akaio informierte Mai immer:„Er bringe besagte Personen heutzutage in eine Art Krankenstation oder ins Altenheim." Alte träfe es früher besonders. Würden sie einfach sterben, wären sie kein Problem gewesen. Jedoch altert man hier nicht. Die Regierung sah diese Menschen als Platz- und Ressourcenverschwendung an. „Normale" Kinder wurden meist zur Kinderarbeit gezwungen. Körperlich oder geistig eingeschränkte Kinder oder Erwachsene wurden sofort umgebracht. Der damalige Herrscher erklärte sie für nutzlos. „Erinnerst du dich an den Mann, der vor dem Schloss die Ansprache hielt?" „Ja ... Wie war sein Name noch gleich?" „Oh seine Namen tzzz", Mai presst sauer ihre Zähne zusammen. „Seine Namen kennt keiner. Doch der Name ist auch völlig egal, da er nicht mehr ist als ein Heuchler. Er ... Die Regierung hier ... sie lassen, wie es aussieht, immer noch alle behinderten oder kranken Kinder/Jugendliche/Erwachsene und alle älteren Menschen trotz Unterlassungsgesetz umbringen. Hier werden sie dann versteckt? Dass Akaio das zugelassen hat." Nichts, überhaupt nichts passiert nach dem kleinen düsteren Einblick in die Vergangenheit (wie sich herausstellte vielleicht auch Gegenwart). Kawaki regt sich nicht und Mai starrt verstört zum Boden hinab. „Was glaubst du, wieso auf der Erde immer so viele als noch zu retten eingestufte Personen plötzlich sterben?" „Wie ist so ein Scheusal an die Macht gekommen? Wählt man hier oder so? Wieso verhinderte das niemand?" Kawaki kann nichts von all dem Schrecklichen, das er gerade erfahren hat, auch nur ein kleines bisschen nachvollziehen. „Er ist der Mächtigste. Die Bevölkerung interessiert sich nicht für diese Thematik, ignoriert sie. Heutzutage kümmert sich doch jeder bloß noch um sich selbst. Es wundert mich schon ein bisschen, wie er es geschafft hat, alles im Hintergrund laufen zu lassen. Er hat wahrscheinlich Anhänger, die ihm aus der Hand fressen würden. Uns Tabs und Enters nutzt er vollkommen aus. Alle miteinander tun so, als würden wir ihn verehren. Doch ehrlich gesagt haben wir alle Angst vor ihm." Kawakis Bild zu dieser Stadt ändert sich nochmals um 360 Grad. Er wusste von Anfang an, dass die Stadt irgendwie Dreck am Stecken hat. Er will gar nicht wissen, was da sonst noch alles falsch läuft. Dieser Mann von der Ansprache verändert sich für ihn auch. „Dabei hatte dieser Mann doch eine so wunderschöne, zauberhafte und wahrlich meisterhafte Tür", lobt er ihn für seine Tür, was gerade eigentlich mehr als nur unangebracht ist. Kawakis Hass auf Akaio wird milder: „Er muss gezwungen oder dazu erpresst worden sein. Er sagte doch selbst, man kommt hier nur raus, wenn man sich aus seinen Sünden befreit. Was soll das bitte bringen, wenn man hier gleich weitere begeht? Das wusste auch er ..." Mai hofft darauf, dass Kawaki nach allem Gesagten etwas herausbringt. Doch nicht mal seine Spucke findet mehr einen Ausgang. „Wenn du mir keine Informationen mehr liefern kannst, dann verschwinde", erteilt sie ihm die Erlaubnis. Ergreift er diese? „Ich komme mit", überdenkt er sein Vorhaben zu verschwinden. Er will sich nun doch durchkämpfen. „Akaio hatte gemeint, er habe das alte Ehepaar und die kleine Sierra hierher gebracht und sie hier dem Tod überlassen." Auch wenn Akaio ihm diese Info nie mitteilte, irgendwie weiß Kawaki es einfach. „Dass er alles für dich getan hat, erwähnte er übrigens auch." „Na dann wissen wir, wo wir anfangen müssen", ignoriert sie Letzteres oder sagt zumindest nichts dazu. Bevor die beiden nun wirklich losgehen, zieht Mai noch etwas aus der Leere. Es ist das Schwert, mit dem Kawaki vorhatte, die Hand anzugreifen. „Hier! Ohne das hättest du eine noch winzigere Chance zu überleben." Er nimmt es in die Hand. Es sieht etwas anders aus als vorhin. Es ist irgendwie größer, schwerer (als es aussieht) und dünn ist es ebenfalls. Der Griff fühlt sich rau an und die Messerklinge ist schärfer, wie die der meisten Messer, die Kawaki in seinem Leben jemals sah (Kawaki sah bis

114

jetzt auch nichts anderes als Taschen- oder Küchenmesser). „Komisch, dass hier keine Crules sind, der Geruch von Verwesung verjagt sie möglicherweise. Sie haben vielleicht auch einen empfindlichen Geruchssinn", kombiniert Kawaki. „Keine Sorge, später werden sie uns noch in Scharen angreifen. Versprochen." „Ermutigung sieht anders aus", treffen seine Augen immer noch das Schwert. „Mai?", sieht er wieder zu ihr auf. „Na komm endlich! Wir haben schon genug Zeit vertrödelt, weil du so ein Weichei bist und ich dich erst überreden musste", wird Kawaki die Schuld zugeschoben. „Hey, ohne mich … Mai? Heyyy, warte, lass mich nicht allein." Mai rennt los und Kawaki tut sein Bestes, sie nicht zu verlieren. Sie rennen, doch wohin eigentlich? Wonach suchen sie? Nach dem Schlüssel, dem Ehepaar und Sierra? Auch Kawaki möchte das allmählich wissen. „Vertrau mir, ich habe immer einen Plan. Ich folge der Spur." Mai bleibt keine Sekunde stehen. „Sag das doch gleich! Welche Spur denn?", hofft Kawaki, mehr von dem Plan zu erfahren. „Dieser Spur", zuckt sie mit ihrem Kopf nach rechts. Kawaki folgt ihrem Zucken, welches auf etwas deutet, was er die komplette Zeit versucht, zu vermeiden. Die Bäume. Auf manchen von ihnen sind die Blutschmierungen deutlicher zu erkennen als bei anderen. „Akaio war das. Er musste hier ja auch wieder rausfinden. Ohne einen Anhaltspunkt zur Tür wäre sogar der Besitzer verloren. Schon witzig, außerhalb der Tür folgt sie dir und wenn du in sie reingehst, bist du ihr völlig egal." Tatsachen … „Aha …"Jeder weitere blutverschmierte Baum reißt ein weiteres kleines Stück von Kawakis Seele heraus. Doch aus dem Nichts, kein Blut mehr an den Bäumen. Mai bleibt sofort stehen und Kawaki, nachdem er es realisiert, auch. „Seltsam, dann müssten wir eigentlich schon da sein." Mai untersucht nochmal jeden in der Nähe stehenden Baum, doch wirklich kein einziger *Wegweiser* ist mehr zu sehen. „Siehst du irgendwo einen? Kawaki?", tritt sie von einem der Bäume hervor, um zu sehen, was Kawaki treibt. „KAWAKI?" Sie kriegt schlagartig ein ungutes Gefühl. Er ist nirgendwo zu sehen. Nur noch das Schwert liegt auf dem Boden. „Wie konnte er es jetzt schon verlieren?", findet sie diese Tatsache noch schlimmer, als ihn nicht aufzufinden. Sie geht gelassen (zu gelassen) zum Schwert hin und hebt es auf. Sie dreht sich vom Schwert aus in jede Himmelsrichtung. Nach dieser eher weniger erwähnenswerten Suche gibt sie ihn bereits auf. „Darum kümmern kann ich mich nicht auch noch." Sie beschließt weiterzulaufen, doch schon als sie nur einen Schritt nach vorne wagt, wird ihr dieses Vorhaben verwehrt. Sie taucht in die Tiefe. Die tiefste aller Tiefen. Der Fall … unbeschreiblich. Ist es überhaupt ein Fall? Es ist, wie gesagt, mit dieser Sprache nicht zu beschreiben. Ein Gefühl von Freiheit. Mai kann sich, unten angelangt, aus was für einem Grund auch immer, nicht bewegen. Schon ist das Gefühl von Freiheit vom Fall verweht. Sie spürt Glibberartiges an ihrer Kleidung. Was genau? Kein Plan. Es ist zu düster, um es zu identifizieren. Zu ihrer Erleichterung ist die Dunkelheit für Tabs kein Hindernis. Sie schnipst einmal in die Hand und schon leuchtet ihre Tür hell auf. Ja, so einfach geht es dann doch nicht. Beim Versuch, die Hand auch nur ein bisschen zu bewegen, merkt sie, allein dies ist schon eine Herausforderung für sich. Auch wenn sie nichts machte, leuchtet etwas Gelbes auf sie zu. „Hää? Wie hab ich das jetzt gemacht?", glaubt sie noch, sie sei die Ursache fürs Licht. Sie vom Gegenteil zu überzeugen, war nicht sehr schwer. Je näher es rückt, desto schlechter geht es Mai. „AGGHHH … Eine SPINNE!!! Igitt, wääää", ekelt sie sich zwischen Netz und Spinneneiern. Die Spinne kriecht immer näher. Das Licht wird auch immer greller. Mai erkennt warum. Die riesigen Augen von der Spinne spenden das Licht. Sie klebt in einem übergroßen, merkwürdigen, schwarzen Spinnennetz. Pechschwarz. Mai hätte diese Spinne im Schlaf besiegen können.

Ohne Bewegung wird jedoch auch das unmöglich. Sie ist genauso zart und zerbrechlich wie ein Schmetterling im Spinnennetz gefangen und anschließend wird sie zum Abendbrot. Das Schwert, welches sie vor dem Fall aufhob, fiel länger als Mai selbst. Es kommt zum richtigen Zeitpunkt unten an. Es schneidet urplötzlich durchs Spinnennetz auf dem Boden. Kawaki, der komischerweise nicht im Netz verheddert ist und irgendwie durchrutschte oder so, schneidet mit dem Schwert, welches er fängt, das Netz durch und kann Mai somit befreien. Das Problem ist, er bedachte nicht, dass die Spinne auch heruntergefallen kommt. Sie hängt unmittelbar, in den Resten des Spinnennetzes, über seinem Kopf. Kawaki hebt reflexartig das Schwert geradewegs nach oben und die Spinne fliegt genau in die Messerspitze. Etwas Gelbes läuft aus ihr heraus, was, wie Mai erklärt, das Blut der Crules ist. „Warte Mal! Das war ein Crule? Das war doch 'ne Spinne!" „Crules haben die verschiedensten Formen, viele haben die Gestalt von Tieren. Wie die Spinne oder wie vorhin zum Beispiel Tokos Crule des Wolfs. Das eben waren aber nur eine schwache, die zwar gefährlicher aussehen als eine gewöhnliche Spinne, es allerdings überhaupt nicht sind. Einzig und allein die Tiercrules kann ich sehen, komisch, nicht wahr?" Doubletimed Mai lässt Kawaki daraufhin allerdings rechts liegen. „Ich rücke jetzt in das Spinnennest vor. Habe das Bauchgefühl, dass die Alten, Omi und Opi, und das Mädchen dort sein werden." Kawaki ist schon froh darüber, endlich einmal über etwas informiert zu werden. Es ist, als würde Mai sagen: „Du bist nicht komplett unbrauchbar." „Ich warn dich vor, hinter diesem tropfenden, kalten und langen Gang werden noch schlimmere Crules sein. Wie ich es dir versprochen habe." Kawaki spricht, an die Situation angepasst: „Das war ein Versprechen, dass du lieber hättest brechen sollen." Er entnimmt das Schwert aus der Spinne, welche sich auf der Stelle auflöst. Was soll man sagen, er macht auf cool: „Ach Quatsch, ohne die Crules wäre es doch viel zu langweilig." Sie dringen weiter in das Spinnennest ein. Die Wände bestehen nur aus schwarzen Netzen. Mais Tür erhellt den Gang, der sich als ewig lang erweist. „Endlich!" Sie kommen im Spinnenreich an. Es dauerte eine gefühlte Ewigkeit. Die Spinnen dort sind im Vergleich zu der Spinne, die Kawakis Schwert besudelte (das gelbe Blut geht nicht mehr von der Klinge ab) viel furchteinflößender.

Es liegt nicht unbedingt an der Größe, Breite oder was auch immer. Im Gegenteil, diese Spinnen sind sogar im Verhältnis viel kleiner. Mai drückt es wie folgt aus: „Die Menge macht das

Gift." Nach diesem mehr als wahren Spruch, den Kawaki selbst schon zu oft anwendete, dringt Mai ins Nest vor und rutscht einen Berg hinunter? Wir stehen am Gipfel des Berges und Mai rutscht in die tiefgehende Mulde in der Mitte. Kawaki traut sich noch nicht. Von dem Berg sieht er auf die vielen Spinnen hinunter, hinab auf ein Tal der Spinnen. „Sieht ein bisschen aus wie ein Vulkan", fällt Kawaki auf. Mai geht null darauf ein, sie ist schon fast unten angekommen und hört ihn schon gar nicht mehr: „Wieso spüre ich nur die Präsenz des kleinen Mädchens?", flüstert sie vor sich hin und stößt dabei, wie am laufenden Band, den Spinnen mit ihrem alleinigen Blick den Kopf von den Beinen. „Hey! Wo? Wo? Wo gehst du hin??? ... Lässt du mich hier ernsthaft allein?" Kawaki steht da wie bestellt und nicht abgeholt. Zumindest steht er so, bis zwanzig gelbe Spinnenaugen auf ihn gerichtet sind. Diese gelben Augen lösen immer eine Machtlosigkeit in ihm aus. Kawaki läuft vor allem und jedem davon. Doch diesmal, diesmal nicht ... Oder doch?: *„Einfach Augen zu und durch."* Er schwingt das Schwert wild umher und rettet sich somit sogar, zwar ziemlich unbeholfen, aber immerhin. Es hilft immerhin die ersten paar Meter, die er versucht, Mai einzuholen, danach liegt er schon unter vielen schwarzen Spinnenweben begraben. Alle Spinnen sehen ihn mit ihren doppelt und dreifachen kleinen Augen an. Sie krabbeln mit ihren stacheligen, dicken Beinen immer näher. Sie stoßen Kawaki mit ihren Beinen den Berg/die Mulde/den Vulkan (hat schon etliche Bezeichnungen) hinunter. Er rollt erstmal eine Weile ins Ungewisse. Unten landet er, mit beinahe gebrochenem Rücken, auf seinem Rücken auf einem Rücken. Es ist auf jeden Fall ein riesiger Rücken. Kawaki ahnt es schon. Es ist der Rücken einer großen Spinne. Doch als Kawaki auf ihr landet, zuckt sie kein bisschen zusammen. Sie krabbelt mit Gepäck an Bord los. Kawaki wird von ihr an irgendeinen Ort gebracht, den er unter dieser dichten, klebrigen Schicht, in die er einsickert, vorerst nicht erkennen kann. Welche Schicht? Die Schicht bildet sich in Schallgeschwindigkeit um ihn auf. Sie wird immer dicker und klebriger. Er bekommt immer weniger Luft und klebt immer unentwegter zusammen. Sein

Gehirn anzustrengen, um seinen nächsten Schritt vorauszuplanen, ist gerade auch nicht seine Stärke. Er kann sich, so wie Mai vorhin, kein Stück bewegen. Das Schwert bei ihm nützt gerade auch nichts. So wie er in dieses klebrige Gefängnis geraten ist, hat es auch das Schwert getroffen. Es ist so dicht an ihm, dass es ihn leicht an seinem Kiefer aufschlitzt. Es ist so nah und doch so fern. Er hat keinen Plan, was er tun soll. Durch die Spinnennetze sieht man so gut wie nichts. Nicht eine Sache kann gerade helfen. Trotz allem weiß er, die Spinne bringt ihn an einen Ort, welcher tiefer und tiefer unter die Erde geht. Das sieht er daran, dass die Spinnen immer bedrohlicher wirken. WARTE! Er kann doch überhaupt nichts sehen. „Vielleicht weiß ich es deshalb!", kommt er auf die langersehnte Idee, welche das Phänomen erklären könnte. Je mehr er sich auf diese Bilder in seinem Kopf konzentriert und fokussiert, desto mehr manifestierten sie sich in seinem Kopf. Er schafft es nun auch, die Bilder von verschiedenen Blickwinkeln aus zu betrachten. „Diese dämliche Tür ist also doch für etwas gut", will er sagen, ist leider jedoch nicht seine beste Idee, denn jetzt kleben seine Lippen fest am Netz. Die Tür folgt Kawaki, wie wir wissen, auf Schritt und Tritt und somit auch der Spinne. Kawakis Theorie besagt, dass er durch irgendeine Verbindung zur Tür sehen kann, was auch sie „sieht". Er fühlt sich schon seit den Schreien der vielen Personen in der Tür beobachtet. Jetzt begreift er allmählich, warum er sich so fühlt. Die Tür ist wie ein drittes Auge. Durch einen leichten Rüttler lässt seine Konzentration für einen winzigen Augenblick nach. Schon ist die Sicht wieder verschwunden. Schloss sich dieses dritte Auge? „Hör auf, so zu zappeln", bricht von oben eine kratzige tiefe Stimme herein. „Die Spinne spricht???", glaubt er, die klebrigen Netze haben seine Ohren manipuliert, sodass er nur noch hören kann, was die Spinne denkt (Ja, das ist in seinen Augen logischer). Eine weitere Stimme kommt hinzu: „Mehr, ich will viel mehr", verlangt diese gierig. Sie kommen zum Stillstand. Die Spinne ist an ihrem Ziel angelangt. Wie sich bei einem Schmetterling der Cocon löst, löst sich das Netz auf Befehl der Spinne von Kawakis Körper.

Zur Abwechslung kommen ihm nicht direkt tausend kleine gelben Augen entgegen. Es sind Augen, jedoch feurig rote. Fast wie die von Akaio. „Scheiße ... Noch unheimlicher als die gelben", stellt er erschrocken fest und versucht, geschoren davon zu kriechen. Das Komische ist diese Spinne, welche hinter ihm steht und ihn hier ablud, hält ihn nicht auf. Sie macht keine Anstalten dazu, ihn aufhalten zu wollen. Böse wie sie ist, raubt sie ihm die Hoffnung: „Nur zu dumm kleines Menschlein. Die Begegnung mit mir war schon dein sicheres Ende. Deinem Tod entkamst. Hieraus entkommst du nie wieder." Kawaki steckt so tief in der Erde fest, dass die Luft allein dünn und erdig ist und auch so schmeckt. Um nochmal auf die roten Augen zurückzukommen. Natürlich gehören sie zu jemandem. Gehören sie einem Menschen? Es trägt zumindest die Form, die auf einen Menschen zutrifft. Es trifft die Form, jedoch kein bisschen das Aussehen. Wie das Ding damals in der Höhle. Es greift nach Leichen und stopft diese nach und nach in sich hinein. Es verspeist sie genüsslich auf einem hohen Stein erbauten Thron. Leichen gibt es hier mehr wie Sand am großen weiten Meer. Alle Leichen sortiert. Auf einem Stapel männliche Babys, auf einem anderen weibliche. Auf einem weiteren Erwachsene, nicht nach Geschlechter getrennt, auf dem nächsten doch wieder nach Geschlechter getrennt. Hauptsache alle griffbereit. Wie das Schicksal es diesmal will (und nicht der Zufall) so will, nimmt das Ding auf dem Thron sein nächstes Opfer zur Hand. Diesmal keine Leiche (es gibt Stapel mit Lebenden, die von den Spinnen bewacht werden). Das Opfer stellt sich als das kleine Mädchen Sierra heraus. Sie schreit so laut um Hilfe, dass manchen Spinnen hier bestimmt schon das Trommelfell geplatzt ist. Haben Spinnen ein Trommelfell??? Diesen Crule auf dem Thron scheint es kein bisschen zu interessieren. Für ihn ist Geschrei ein wunderschönes Klingen im Ohr: „Wie es aussieht, habe ich heute einen Glückstag, gleich ZWEI lebende FRISCHE Menschlein auf einmal. Viel zu selten habe ich das Vergnügen." Der Crule lacht dreckig und signalisiert Kawaki mit einem Zwinkern, dass er ihn schon längst auf dem Schirm hat. Kawaki rennt daraufhin so schnell wie es seine Beine erlauben, hinter einen der vielen Leichenberge. Nicht ausschließlich wegen dem Zwinkern, um den Hals dieses Crules ist ausgerechnet, was Kawaki und Mai suchen. Der Schlüssel, der Kawaki superschnell ins Auge sprang. „Jackpot! Der Schlüssel und Sierra auf einen Streich. Nur ein Problem ... wie soll ich dahin kommen, ohne so zu enden wie die?"

Er kann nicht anders, als die Leichen anzustarren. „Ob das wohl klappt?" Er hebt sein Schwert wie einen Speer vor sich. Er scheint eine Idee zu haben, ob die gut ist ... „Ich treff den doch nie!" Er zielt genau in Richtung Schlüssel und wirft. Dabei schaltet er seinen Kopf aus, sonst hätte er sich nie und nimmer getraut. Der Crule wirkt nicht besonders daran interessiert, ob das Schwert, was er schon längst bemerkte, ihn trifft oder halt nicht. Gelassen lässt er Sierra fallen und fängt den Speer auf. „Wird wohl doch keine frische Lebende, dann halt 'ne frische Leiche. Schmeckt auch nicht schlecht!" Diesen kläglichen Versuch spricht er nicht einmal an. Er nimmt den Speer und schickt ihn mit doppelter Geschwindigkeit zu seinem Absender zurück. Kawaki hat sich also gleich zwei Probleme auf einmal eingehandelt. Er muss einem blitzschnellen Schwertspeer ausweichen und Sierra auffangen. Schneller, als er begreifen kann, bringt das Schwert den Leichenturm zum Fall. Er ist inmitten unzählig vieler Leichen begraben. „Er hat mich absichtlich verfehlt", gesteht Kawaki ein. „Er will mich zum Narren halten ... Er will Spaß, den kann er haben." Aus unerklärlichen Gründen hat Kawaki der Ehrgeiz gepackt. Er kämpft sich aus dem Leichenhaufen heraus. Bei Sierra steht der Aufprall kurz bevor. Doch zum Glück taucht ein Retter in Not auf. Besser gesagt eine Retterin. „MAI!!" Mai ist aufgetaucht und fängt Sierra noch gerade so auf. „DA OBEN, DA IS DER SCHLÜSSEL", brüllt Kawaki, der es fast geschafft hat, sich vollständig aus diesem Berg zu befreien. Mai, die Sierra auf den Knochen der bereits verspeisten Menschen ablegt, schüttelt den Kopf. „Musstest du ihm unseren Plan wirklich schon jetzt verraten???", kommt sie sauer rüber. „DEN SCHLÜSSEL WOLLT IHR HABEN? Hahah ... Habe ich mir schon fast gedacht. Nur zu blöd, er gehört mir." Mai startet aus Hass vor diesem Grinsen ihren ersten Angriff. Aus ihrer Tür kommen Strahlen, die eine hundertprozentige Trefferquote aufweisen (auch bei Ausweichmanövern) und nebenbei alles töten, was sie berührt. Hört sich schon mal krass an. Doch es fängt diesen Strahl, der bestimmt schon um die hunderte von Crules um die Strecke gebracht hat, einfach so auf.

Wie als würde er einen Ball fangen. Daraufhin beginnt auch schon ein Kampf. Der nicht nur Kraft, Nerven und Überwindung kostet. Nein, ein Kampf der Emotionen für Mutter Mai geht los. Die Spinnen lassen auch nicht locker, sind für Mai jedoch das kleinste Übel. Mit ihrer bloßen Aura befördert sie eine nach der anderen ins Jenseits. Der Crule taucht, wie teleportiert, hinter Mai auf. Er verpasst ihr einen Schlag, der so heftig ist, dass es sie gegen den Thron schleudert. „So sollte man nicht mit anderen Menschen umgehen", schimpft er Mai. Diese hört diesen Satz sehr schleierhaft, da ihr Ohr sich so anfühlt, als wäre es aufgeplatzt. Doch das bisschen, was sie hört, kann sie nur belächeln: „Du ein Mensch? Du bist kein Mensch, du bist ein Monster." Mit blutiger Spucke startet sie erneut einen Angriff. „Und ich als Monster verdiene keinen guten Umgang? Mir kommen gleich die Tränen! Du hast mich doch zu dem gemacht, der ich bin, meine Liebe. Du bist dafür verantwortlich.-" Mai bleibt stehen. „-Du scheinst hier das Monster von uns beiden zu sein, da du dich nicht einmal bei mir entschuldigst." Der Crule wird sentimental, hat er etwa auch Gefühle? „Meine Schuld? Selbst wenn ich die schlimmsten Dinge getan hätte, wäre niemals so ein hässliches, fieses Ding wie du entstanden." Diesen Satz hätte sie lieber nicht zu Ende sprechen sollen. Sie schafft es zwar, ihren Kopf, der sich so schwer wie Blei anfühlt, aufrechtzuerhalten, jedoch nicht mehr für sehr lange Zeit. Der Crule haut ihr gleich wieder auf dieselbe miese Stelle. „Ich gebe dir einen Hinweis, wieso du nicht so mit mir reden solltest. Dir werde ich Respekt einflößen, du dummes Weib", geht der Crule zu Beleidigungen über. Mai hat es geschafft, weitere Verletzungen durch Schutzmagie ihrer Tür weniger schmerzhaft zu machen. Kawaki ist, nur so nebenbei gesagt, auch noch da. Er hat sich seine

Freiheit aus den Leichen erkämpft. Die letzten Leichen, die er beiseiteschiebt, stellten einen Riesenschock für ihn dar. Es sind die des alten Ehepaars. Er erkennt sie genau. Ihre grauen Haare, die eckigen Brillen auf ihren Nasen (die einmal in der Mitte durchgebrochen sind) und das warmherzige Lachen, welches sie bis zu ihrem Todeszeitpunkt aufrechterhielten. Wie die meisten Leichen in diesem gigantisch wirkenden Leichenkeller zersetzen sie sich gleich nach dem Tod. Die Stadien der Verwesung, die da wären: Austrocknung, Autolyse (kein Sauerstoff mehr, Organe werden verflüssigt), der Fäulnisprozess und die äußerliche Zersetzung. Die ersten drei Phasen werden übersprungen und es kommt gleich zur äußerlichen Zersetzung. Woher Kawaki das wieder weiß ... Er hätte sie fast nicht wiedererkannt. Dieses wichtige Erkennungsmerkmal war ausschlaggebend: „Es waren lebensfrohe Menschen. Bis zum Schluss." „Kein Bedarf an Hinweisen", teilt Mai aus und muss nicht gleich wieder einstecken. Sie schlägt ihm auf den Hinterkopf (hat sie ihrer nützlichen Flexibilität zu danken). Daraufhin teilt sie Schläge ohne Ende aus, die im Crule leider nichts weiter auslösen als Kitzel. „Endlich Treffer. Trotzdem bringt es nichts? Bin ich zu schwach?", sucht sie den Fehler bei sich. Ein weiterer Schlag von ihm verfehlt sie gerade so. Ihrer Erfahrung zu Dank stellt sich ihre Tür wie ein Schutzschild vor ihr auf. Die Attacke, die er an ihr auslassen will, geht durch den Reflexionsmechanismus von Mais Tür voll auf ihn zurück und er bekommt zum ersten Mal während seiner Existenz, einen heftigen Schlag zu spüren. „Es wird ja vielleicht doch noch interessant. Du setzt sogar deine Tür aufs Spiel? Ist das mutig oder wohl doch eher töricht?", freut er sich mehr über den Schlag seiner Gegnerin als sie selbst. Naja! Zum Zeitpunkt des Schlages war er ja schon wieder fast vollständig erholt. „Dich habe ich übrigens nicht vergessen", bemerkt der Crule von hinten eine starke Aura. Es ist Kawaki, der geradewegs auf ihn zugerast kommt und vorhat, sein Schwert in diesen hubbeligen Rücken zu rammen. Er packt das Schwert an der Klinge und steuert direkt auf ihn zu. Mehr als den Crule gegen die Wand dieser unterirdischen Hölle zu steuern, bezweckt er damit nicht. „Dachtest du echt, mich so umbringen zu können? Euch gehen da oben die fähigen Leute aus? Nicht wahr Mai?", macht er Kawaki zwar runter, sieht aber auch die starke Präsenz rundum Kawaki. „Kommt die aus seiner weißen, blutverschmierten Tür? So eine schwarze Präsenz habe ich schon lange nicht mehr gespürt", steigert sich seine Kampflust immer weiter. Auch wenn man es nicht wirklich „Kampf" nennen darf. Es ist höchstens ein einseitiges Spiel. Mai ist schon fertiger, als sie zugeben würde, weshalb die weiteren Attacken eher halbherzig ablaufen. Der Crule behält immer die Oberhand. Kawaki müssen wir hierbei nicht erwähnen. Seine schwachen Angriffe kratzen langsam an der Würde des Crules. „Wars das schon? Wie schade! Mir ist lANgwEiliG. Ihr habt mich nicht genug unterhalten können. Beenden wir es. Ich möchte euch nicht noch mehr Schmerzen bereiten", verpasst er sowohl Mai als auch Kawaki den letzten Hit (auch noch mit Ansage). Er beraubt sie der Fähigkeit, sich richtig zu bewegen, da von nun an jeder Schritt zu Höllenqualen führen wird. Der Crule setzt sich zurück auf seinen Thron und wartet auf ihren Tod. Lange Zeit geschieht nichts, bis auf das, dass dem Crule die Augen zufallen. „Der schläft???" „Mai, merkst du es auch?", schüttelt Kawaki seinen Fuß hin und her. „Ja, fühlt sich an wie … Wasser." Tatsächlich. Ihre Füße werden feucht. Die Höhle füllt sich mit Wasser auf. Es wird immer mehr. „Keine Sorge. Ich werde es nur so hoch steigen lassen, wie es im Schwimmbad der Fall ist", erwacht der Crule wieder. „Ja klar. Gibst du uns auch noch Schwimmflügel?", scherzt Kawaki trotz oder eher aus Schiss. Das Wasser ist mittlerweile schon auf der Höhe von Mais Bauchnabel. „Dir würde ich sogar einen Rettungsring hinwerfen, Kawaki. Dir Mai … Sorry, hab nur einen. Zu blöd, dass du nicht schwimmen kannst", geht der Crule gediegen auf den Scherz ein. Kawaki will ihm etwas entgegensetzen. Er kann aber nicht. Durchs Wasser werden die Wunden zu einer immer schlimmeren Qual. „Woher weißt du es? Dass ich nicht schwimmen kann?", krächzt Mai nach Luft. „Woher ich das weiß? Du hattest schon immer furchtbare Angst vor dem Wasser, da du als kleines Mädchen schon mal fast ertrunken wärst. Du bist ohne die Erlaubnis deiner Eltern allein ins Wasser gegangen. Eine Welle riss dich unters Wasser. Ein Junge in deinem Alter rettete dich. Seitdem hast du Angst vor Wasser.-" Es steht Mai mittlerweile bis zum Hals (sowohl das Wasser als auch das Wissen über das der Crule verfügt). „-Dieser Junge wurde zu deinem besten Freund. Später haben eure Gefühle füreinander sich weiterentwickelt. Im Alter habt ihr geheiratet, einen Sohn auf die Welt gebracht und du hast deinen frischgebackenen Ehemann nach dem ersten Lebensjahr eures Kindes an einen Tumor verloren", erzählt der Crule so nebenbei einfach Mais Lebensgeschichte. „Woher weißt dduu, daaas all ...", schluckt Mai Wasser. Kawaki will ihr helfen, doch der Crule hält ihn mit bloßem Starren davon ab. „Ich bin dein Sohn, natürlich weiß ich alles über dich. Außerdem hast du mir nie das Schwimmen beigebracht, deswegen sind wir ja hier, oder Mama?" Mai schenkt ihre Aufmerksamkeit ein letztes Mal dem Crule.

Die dunkle Aura, die seinen kompletten Körper schief und krumm macht und die Hälfte bedeckt hielt, ist verschwunden. Auf dem Thron sitzt kein Monster mehr, jedenfalls kein Augenscheinliches: „K-ka ..."

„Tschüss Mama! Viel Spaß beim Tauchen!"

4.2

27. JUNI 2013 – AKAIO IZUKI (acht Jahre alt)

„Bin wieder zu Hause! Mama?", quiekt der kleine Akaio, der einen ereignisreichen Schultag hinter sich hat. Seiner Mama Mai möchte er unbedingt davon berichten. Er geht zuerst ins Wohnzimmer, schaut kurz in der Küche vorbei und im Badezimmer sieht er auch nach, jedoch ist Mama Mai nirgends zu finden. „Schon wieder?", setzt er ein betrübtes Gesicht auf. Er läuft wie geradezu jeden Tag zum Kühlschrank und liest die zu oft wiederverwendete Notiz:

Hallo mein Schatz,
ich komme heute sehr spät nach Hause, muss länger
arbeiten. Ich hab dir dein Essen bereitgestellt, musst
es dir nur noch aufwärmen. Geh bitte spätestens um
20:00 Uhr ins Bett.
Ich hab dich lieb.
PS: Pack deine Spielzeuge bitte weiter ein. Du weißt,
wir ziehen bald um.

Deine Mama

„Oh Mann, schon wieder? Dabei wollte ich sie doch fragen, ob ich heute mit Leon zum Strand gehen darf. Er hat sooo tolle neue Sandkastenformen bekommen", niedergeschlagen wandert er im 1. Stock des Hauses umher. Leon ist Akaios einziger allerbester Freund. Er wohnt sogar gleich nebenan. „Von uns aus ist es nicht weit bis zum Strand und wenn Leons Mutter mitkommt, wird das schon ok sein. Auch wenn Mama nicht möchte, dass ich zum Strand gehe. Leon passt ja auf mich auf", entscheidet er sich dazu, heute ohne die Erlaubnis von Mai mit Leon zu spielen. Akaio huscht nochmal schnell hoch in sein Zimmer und bepackt seinen Rucksack mit seinen alten Sandkastenformen. Danach kniet er sich vor seinem Nachtisch hin und verabschiedet sich von seinem Vater. „Bis später, Papa. Ich hab dir wieder so einiges zu erzählen. Die Jungs haben den Mädchen in der Schule einen Streich gespielt. Ich weiß nicht wieso, aber ich glaube, die haben die Mädchen lieb. Leider hat Sammy mich wieder geärgert. Er nennt mich immer einen Vampir, wegen meinen roten Augen und meinen spitzen Zähnen, die ich von dir und Mama geerbt habe. Die anderen aus meiner Klasse sind super. Vor allem Leon ist tollll. Er kommt mir immer zu Hilfe, wenn Sammy mich ärgert, da er auch mit Sammy befreundet ist, und aus dem Grund hört er dann meistens damit auf, mich zu ärgern. Ich hab

Leon ganz arg lieb. Er hatte heute wieder so zottelige Haare und sein Bagger T-Shirt an. Später erzähle ich dir mehr davon, versprochen", unterhält er sich mit einer komischen Art von Freude und Zuneigung mit dem einzigen Foto, welches er von seinem Vater besitzt. Er spricht jeden Tag, wenn er sein Zimmer verlässt oder betritt, mit diesem einen Foto. Er sagt ihm alles, was er seiner Mutter nie sagen kann. Sie ist ja immer bei der Arbeit. „Hallo Leon, ich bin's", redet Akaio mit der Sprechanlage vor Leons Haus. Doch nicht wie erwartet öffnet Leon ihm die Tür. „Was willst du denn hier? Du grusliges Rotauge", begrüßt Sammy ihn unbarmherzig an der Tür. Akaio ist mehr als verblüfft, ihn gerade jetzt hier anzutreffen, dennoch erzählt er ihm, warum er gekommen war: „Ähm … Leon und ich wollten an den Strand, um mit seinen neuen Sandformen zu spielen", lächelt er voller Vorfreude. „Das stimmt überhaupt nicht! MEIN bester Freund Leo und ich gehen zusammen zum Strand. Wir spielen zusammen mit den Formen und danach gehen wir ins Meer schwimmen. Mit einem grusligen Vampir geht doch niemand zum Strand! Du verbrennst doch in der Sonne", zerstört Sammy Akaios Grinsen. „Du kannst ja nicht einmal schwimmen, du Blutsauger", wird der bereits zehnjährige Sammy immer gemeiner zu Akaio. „LEON! LEON! L-E-O. Ich möchte mit Leo reden", fängt Akaio an zu brüllen. „Nur ich darf ihn Leo nennen, er ist mein bester Freund. Verschwinde! Ich will nur mit Leo allein spielen! Du bist so komisch! Wie oft muss ich es dir noch sagen, bis du endlich verschwindest", schubst Sammy ihn nach hinten, da Akaio versuchte in Leos Haus einzutreten. Aufgrund der Treppenstufen, welche zur Eingangstür führen, fällt Akaio die Treppen hinunter. Er verletzt sich stark am Arm und wie später festgestellt wird, ist dieser deshalb auch gebrochen. Sammy schlägt schnell die Tür zu.

Doch Leo hat bereits einen von Akaios Rufen gehört und ist sofort von seinem Zimmer aus nach draußen gestürmt. Akaio flennt: „Auaaaauua! Das tut weh. Leo, mach bitte, dass es aufhört … bitte", kullern schon die ersten Tränen. Leon besänftigt ihn, schickt Sammy sauer weg (seine Intention war, dass die beiden sich etwas besser kennenlernen und sich mögen, er mag sie schließlich beide) und Sammy erzählt seinem Vater davon. Zusammen fahren sie ins Krankenhaus.

Bis heute trage ich eine Narbe davon. Diese ist allerdings nicht auf meinem Körper sichtbar, sie sitzt tief in meiner Seele. Auch wenn dieser Tag nicht viel anders war als meine anderen Tage. Er ist mir besonders in Erinnerung geblieben. Nicht mal wegen dieses Sturzes von der Treppe. Was mir wirklich am meisten wehgetan hat, war wieder einmal dieselbe Notiz auf dem Kühlschrank vorzufinden. Dieselbe wie jeden verdammten Tag. Genau zwei Wochen später hast du mir auch noch die einzig lebendige Person, mit der ich reden konnte, meinen Freund Leo, durch den Umzug genommen.

6. MAI 2020 – AKAIO IZUKI
(ab heute 15 Jahre alt)

„Viel Spaß in der Schule, mein Kleiner", verabschiedet Mai ihren Sohn an der Haustür. Sie ist gerade erst von einer Nachtschicht zurückgekehrt. „Ich bin kein Kind mehr! Ich bin schon fast erwachsen", widerspricht er ihrer Aussage in diesem Punkt. Eigentlich widerspricht er der ganzen Aussage, aber zu dem Rest sagt er nichts. „Viel Spaß in der Schule? Willst du mich verkackeiern? Wenn du mir zuhören würdest, wüsstest du, dass ich alles andere als Spaß in der Schule hab", denkt er sich nicht bloß, weil heute sein scheiß Geburtstag ist (für ihn: Der schlimmste Tag im Jahr … bis jetzt). Normalerweise geht er immer sehr lustlos aus dem Haus. Doch diesmal ist es etwas anders. Er ist aufgeregt, auf die Zeit nach der Schule. So sehr, dass er vergisst, dass er auch Zeit in der Schule verbringen muss. Er hat heute eine besondere Verabredung. Gestern nahm er all seinen Mut zusammen und verfasste einen Liebesbrief für eine Person, für die er mittlerweile schon etwas länger Gefühle aufbaute. Er bekam von dieser Person tatsächlich einen Brief zurück. In diesem wurde die Verabredung am Haven ausgemacht. ~ Ding Dang Dong ~ läutet endlich die Glocke zum Ende des Schultages. „Ok! Ihr seid für heute erlöst. Vergesst nicht, die Kapitel 1-4 zu lesen, und lernt am besten schon etwas für den Test in Erdkunde. Wie ihr wisst, geht es in dem Test um die Anatomie unserer Welt und es geht um die verschiedenen Kontinente. Am Montag ist es so weit", beendet der Lehrer der Klasse 6a den heutigen Unterricht. Kaio, der immer schlechtere Noten in der Schule bekommt, (was insbesondere seine Mutter wunderte, da er in der Grundschule super Noten geschrieben hatte) packt seinen einzigen Stift in seine Hosentasche. Er steht auf und läuft zum Klassenzimmerausgang. Er sitzt in der letzten Reihe, ganz links am Fenster. Aus diesem Fenster sieht er jede Schulstunde die vollständige Unterrichtszeit heraus. Heute ganz besonders viel. Er denkt nach, wie er seine Gefühle gegenüber der Person, die er gleich trifft, am besten ausdrücken könnte. Seine Gefühle in Worte zu fassen, ist nicht so seine Stärke. *Da haben wir was gemeinsam.* Er läuft, so zügig er kann, an den Tischen seiner Klassenkameraden vorbei. Jeder Tisch lässt ihn immer deprimierter wirken. Alle in der Klasse verabredeten sich untereinander, doch Akaio bleibt wie immer außen vor. Ihn hat noch nie jemand zu irgendwas eingeladen. Das letzte Mal war in seiner alten Klasse, als er von seinem Freund Leo, mit dem er übers Handy noch flüchtigen Kontakt hat, zum Sandburgenbauen eingeladen wurde (wie das ausging, wissen wir ja). Akaio wird zwar nicht von seiner Klasse gemobbt oder geärgert. Dennoch ist seine jetzige Position in der Klasse für ihn allemal schlimm. Niemand brachte ihm auch nur einen Funken Interesse entgegen. Niemand kümmerte sich um seine Werte, seine Gefühle, Träume und Ambitionen. Das war er leider schon von IMMER gewohnt. Von seinem heutigen Geburtstag brauchen wir erst gar nicht reden. Er hat das Gefühl, alle sehen nur eines in ihm: „Einen hilflosen Jungen ohne Vater." Sogar seine Mutter gibt ihm das Empfinden. Sie wusste ja, genauso wie seine Klasse, nicht einmal, dass heute sein besonderer Tag ist. Daran möchte er jetzt aber absolut nicht mehr denken. Nun hat er, nach so langer Zeit, endlich eine wahrhaftige Verabredung.

Er studiert sein Liebesgeständnis auf dem Weg zum Hafen so oft wie möglich ein. Er führt sich in Dauerschleife vor Augen, was er im Ungefähren in seinem Brief geschrieben hatte:

Hallo Luki,
ich weiß nicht, wie man so einen Brief am besten be-
ginnen sollte. Ich habe beschlossen, nicht lange um den
heißen Brei zu reden und dir einfach direkt zu sagen,
dass ich dich sehr interessant finde. Würde mich ger-
ne mit dir treffen.

Akaio

Angekommen am Hafen trifft er nicht wie erhofft den Jungen, sondern ihn trifft eine böse Überraschung. Auf einem
Steg steht mit Graffiti geschrieben: „Zur Hölle mit den Schwu-
len, spring ins Wasser und erleichtere uns das Leben." Akaios
Herz wird aufs Neue durchbohrt. Er ist sich sicher, dass diese Nachricht von Luki sein muss. „Damit seien seine Gefühle
dann ja klar ..." Was er nicht wusste, war, dass diese gemeine
Botschaft überhaupt nicht von Luki stammt. Diese Botschaft.
Nein! Eigentlich alles regt ihn innerlich so auf, dass er, während er voller Trauer und Wut nach Hause rennt, damit zu
kämpfen hat, die Tränen in seinen Augen zu halten. „Wenn
Menschen so darauf regieren, wie würde dann meine eigene
Mutter reagieren? Wäre sie sauer? Würde sie mich nicht mehr
als Sohn akzeptieren? Ich kann nicht mehr ..." Er macht sich
schon seit sehr langer Zeit Gedanken darüber, dass es so nicht
mehr weitergehen kann. Er möchte und er kann einfach nicht
mehr so weitermachen. Sonst zerbricht noch der letzte verblie-
bene Lebenswille in ihm.
Daraufhin rannte ich bis zur Haustür und keinen Schritt wei-
ter. Ich bin abgehauen. Ich bin von zu Hause davongelaufen. Zu dem
einzigen Ort und der einzigen Person, bei der ich mich irgendwie zu
Hause fühlte. Zu der Person, in die ich, wie ich, nachdem ich ange-
fangen habe, meine eigenen Gefühle zu verstehen und einzuordnen,
erst verstanden habe, schon seit der ersten Klasse verliebt bin. Der
einzigen Person, die sich Zeit für mich nahm, die mich so akzeptiert
und mag, wie ich bin. Zu Leo. Dich habe ich erst in dieser Welt wie-
dergetroffen. Hast du überhaupt nach mir gesucht? Hast du über-

*haupt auf irgendeine Art und weiße versucht, herauszufinden, wie
es mir geht? Mama, hast du mich bereits vergessen?*

16. September 2023 – Akaio (18 Jahre alt)

„Schatz, ich gehe jetzt zur Arbeit", ertönt eine erwachsen klingende Stimme von der offenen Haustür. „Bis später", verpasst ihm, der soeben genannte Schatz, noch schnell einen Abschiedskuss. So wie jeden Morgen muss Leon in die Arbeit.

Er übernahm in diesem Jahr die Bäckerei seiner Eltern und arbeitet gerade als Vollzeitbäcker. Deshalb muss er morgens immer zeitig los. Akaio hat im Gegenzug zeitgleich mit seiner Flucht auch seine schulische Laufbahn beendet. Er verfügt über keinen Abschluss. Besser gesagt, er ist arbeitslos. Leon hat Akaio durchnässt, ohne Geld und komplett in dieser Welt verloren, vor seinem Haus aufgefunden. Aus diesen Gründen, aber vor allem aus Liebe zu ihm, hat er Akaio bei sich aufgenommen. Vor seinen Eltern hielt er ihn lange Zeit versteckt. Als sie ihn entdeckten, konnte Leos Mutter Akaios Mama auf keine Wege kontaktieren. Akaio redet sich, nun da er bei Leo ist und sie sogar ein Paar sind, ein, glücklicher geworden zu sein. Dem ist leider jedoch nicht wirklich so. Seine Situation hat sich im Großen und Ganzen, im Kern, nicht viel geändert. Im Wesentlichen hat sie sich wohl eher noch verschlechtert. Leo, den er schon ewig liebt, der das Einzige ist, was ihn glücklich macht, ist jeden Tag am Arbeiten. Auch wenn er es nicht zugibt, vermisst er seine Mutter unheimlich. Er war schon Ewigkeiten nicht mehr draußen und hat sich von der Außenwelt total abgeschottet. Seine gesamte Lebenssituation gefällt ihm natürlich in keinster Weise, aber der Mut etwas zu ändern, fehlt an allen Ecken und Kanten. Somit geht ein weiterer, verschwendeter Tag zu Ende. Das *Sinnvolle,* was Akaio aktuell tut, ist … auf den Bildschirm klotzen. ~Klingelingeling … klingeling~ Akaio erschrickt. Das letzte Mal, dass jemand vor seiner Tür stand … Boah, muss schon einige Monate her sein. Im totalen Schweißausbruch schlendert er zur Sprechanlage. „Wer … Wer, wer ist da?" Er nimmt unbewusst eine Verteidigungsstellung ein. „Polizei, bitte öffnen sie Tür", kommt die wahrscheinlich unerwartetste Antwort. Akaio verfällt in Panik: „Hab ich was angestellt? Wieso sind die hier? Was ist, wenn sie mich fortbringen?" Die unnützen Vermutungen, die fast jeder, wenn die Polizei plötzlich unangekündigt vor der Tür steht, bekommen würde, kommen in ihm hoch. „Wohnt hier ein gewisser Akaio Noroka?" „Ja. Der bin ich." Eins ist klar, auf die auf ihn zukommende Information ist er nicht vorbereitet. Der Polizist versucht, sich schonend auszudrücken. Akaio öffnet den Polizeibeamten zuallererst die Tür der Norokas (Familienname von Leon). Er hatte sich die ganze Zeit, wenn er mal in der Öffentlichkeit war, als Leons Bruder ausgegeben. Auch ein Grund, warum Akaio das Haus nicht gerne verlässt. Er möchte nicht als Leons Bruder angesehen werden, sondern als sein Liebhaber. Der Polizist beginnt damit, das Gesicht von Akaio mit einem Bild von Leon und Akaio zu vergleichen. Das haben sowohl Leon als auch er immer in der Hosentasche. „Woher haben sie das?", wandelt sich die Panik in Sorge um.

„Es tut mir leid, ihnen mitteilen zu müssen, dass ihr Bruder tot im Park aufgefunden worden ist. Es ist wahrscheinlich auf dem Nachhauseweg passiert. Wir vermuten, er wurde erstochen, jedoch fehlen uns für diese Behauptung noch ein paar eindeutigere Beweise."

Erst mein Vater und dann mein Freund. Beide sind nicht mehr hier. Ich konnte vor lauter Tränen, die ich wegen dir vergoss, nicht einmal mehr eine für ihn fließen lassen. Alles deinetwegen. Wenn du dich besser um Papa gekümmert hättest, ihn gezwungen hättest, diese Therapie zu machen, von der du mir erzählt hattest, dann wäre er wahrscheinlich noch hier. Wenn wir nicht wegen eines Jobs von Leon hätten wegziehen müssen, wäre ich immer in seiner Nähe geblieben. Ich hätte eine Schulbildung und somit jetzt die Möglichkeit, zu arbeiten. Ich hätte niemals die Leute kennengelernt, die sich einen Dreck um mich scherten. Papa und Leo sind zwar tot, doch die einzige Person, die wirklich für mich gestorben ist, bist du.

Ein Tag später

„Kommen wir nun zu den heutigen Nachrichten. Am kabatschu Meer wurde, südöstlich der Küste, ein Junge gefunden. Identifiziert wur-

de dieser als Akaio Izuki. Dieser wurde bereits im Alter von fünfzehn Jahren in seinem Heimatdorf für tot erklärt. Jetzt geht die Polizei davon aus, dass er damals von zu Hause abgehauen sein muss. Der Polizei wird vorgeworfen, sich nicht genug mit dem Fall Izuki auseinandergesetzt zu haben.

Bei dem jetzt identifizierten Akaio gehen die Beamten von Selbstmord aus, da keine Spuren eines Täters gefunden wurden. Weitere Ermittlungen zu dem Fall werden getätigt."

„Mai, komm zu dir. MAI! Das ist nur eine Illusion, hörst du! Mai?" Kawaki kontaktiert Mai „unter Wasser" so laut, wie er kann. Er schüttelt und rüttelt sie, doch nichts passiert. Er zieht sie aus dem nicht allzu hoch stehenden Wasser und widersetzt sich so dem Willen des Crules. „DU hast es also schon herausgefunden. Ich hätte auch nichts anderes von einem Enter deines Kalibers erwartet", der böse Crule ... Der böse Akaio macht große stolze Augen. Über Mai kann er nur fluchen: „Nur zu dumm, dass ein Illusionist wie Mai das nicht hinbekommt." Die Augen dieses bösen Crules ... des bösen oder eher verletzten Akaio erstrahlen röter als jemals zuvor. „Sie ist doch deine Mutter, was ist dein verdammtes Problem?" Akaio haut Kawaki nach dieser dummen Frage mit seinem bloßen Zwinkern gegen den Boden. „Meine Mutter? Mein Problem? Du hast wohl nicht richtig zugesehen. Du hast keine Ahnung, wer diese Frau ist. Meine Mutter, sehhrrr witzig. Meine Mutter ist für mich schon lange gestorben." Kawakis Hinterkopf blutet mehr denn je, dennoch zückt er sein Schwert. Sein nicht so oft hervorscheinender Mut kommt ausnahmsweise ans Tageslicht. „Also echt, ey, was ist eigentlich los mit dir?? Klar, du bist ein gemeiner, machthaberischer und schadenfroher Dummschwätzer, was deinen Umständen entsprechend irgendwie klar ist. Doch du bist dir etwas zu wichtig." Kawaki bangt um Mais Leben und weiß sich nicht besser zu helfen, als den Akaio/Crule zu verärgern. „Ich. Mein schlimmstes Selbst nimmt das gewiss als Kompliment auf. Wenn ich Fragen darf, was meinst du bitte mit *den Umständen entsprechend?*", kommt er absolut nicht wütend rüber. „Also, wo fange ich an? Ich habe gesehen, wer Mai für dich war, ich hab gesehen, wie du abgehauen bist, wie du mit dem Bild deines Vaters geredet hast, wie du …" Kawaki kann easy all diese Sachen aufzählen. Akaio ist erstaunt: „ER hat tatsächlich das gesehen, was eigentlich nur für mich und Mai ersichtlich ist. Er erinnert sich an Momente, die ihn in keinster Weise betreffen. An der Illusion ertrinkt er nicht. Er muss eine besonders schlimme Sünde in sich tragen."

Der böse Akaio fängt damit an, heimlich Pläne zu schmieden, um Kawaki auf seine Seite zu ziehen. Doch der hat keinen Bock darauf und kommt ihm frech mit der Frage: „Sag mal, wie sah denn Leon aus? Bestimmt nicht so gut wie ich! Bin ich dein Typ?", in die Quere. Akaios neues Ziel: Kawaki bei lebendigem Leibe verspeisen. Leon hätte er nicht erwähnen sollen. Schneller als der unsichere Kawaki es begreift, steht Akaios böses Ich wieder einmal vor ihm. Er packt mit bloßer Hand seinen gesamten Körper. Seine Hand umschlingt ihn und schnürt ihn so fest zu, dass ihm die Luft ausgeht. „Mit diesem schwachen Körper bist du meinem Gaumen eigentlich in keinster Weise würdig", demonstriert er seine klare Überlegenheit und wechselt von seiner Akaio Fassade wieder zu der des ekligen Crules. Mit seiner Gestaltveränderung ändert sich auch die Hand, welche Kawaki beim zweiten Mal hinsehen durchaus bekannt vorkommt. Es ist die Hand, welche den anderen Akaio (den guten/vergebenden) vorhin erstickte. „Wieso hast du den einzigen guten Teil von dir ausgelöscht?" Mit letzter Stimme und der letzten Kraft, sich zu wehren, bittet Kawaki um Erklärung. „Ich hab nur den Teil ausgelöscht, der mich daran hinderte, Rache zu nehmen. Äh-äh", winkt er mit seinem nicht ganz erkennbaren Zeigefinger hin und her. „Ich hab nicht den guten Teil in mir ausgelöscht, lediglich meinen schwachen." Kawaki kommt ins Schwitzen. Hat seine letzte Stunde geschlagen? Ihn durchströmt fürchterliche Todesangst. An was er gerade denken muss, überrascht ihn: „Hoffentlich geht es meinem Vater und Maiyu gut." Es überrascht ihn, dass er ausgerechnet jetzt Interesse an ihrem Wohlbefinden zeigt. Er denkt sich: „Eigentlich habe ich doch Glück mit meiner Familie …" Ein Stück von Kawakis Tür bröckelt ab.

Er leidet, deshalb scheint sie es auch zu tun. Die Tür reagiert auf Kawakis Emotionen, Befinden und Gedanken. Sie agiert sogar im Zuge seiner Überlebensinstinkte. Sie erleuchtet, wie bestellt, so hell, dass jeder, der mit bloßem Auge hineinschaut, ohne Wenn und Aber vollständig erblindet. Besonders Crules, die generell sehr lichtempfindlich sind (in der hellen Phase kommen sie nie heraus), sind davon betroffen. Durch den Blick ins Innere von Kawakis Tür lässt Akaio ihn vor Augenschmerzen fallen. Gleich darauf nutzt Kawaki seine Chance und sticht mit dem Schwert auf ihn ein. „Du hast den guten Teil von dir ausgelöscht. Dann muss ich dir wohl deinen bösen Teil austreiben." So kampflustig wie jetzt war er nie zuvor. Im Gegenteil, er war schon immer gegen Gewalt. Das hält ihn nicht zurück. Er ist sich nun sicher, dass der „gute" Akaio keinem der jetzt toten Menschen auch nur ein Haar gekrümmt hätte. Er schlägt dem „bösen" Akaio den verwesenden Arm ab. Zu blöd, dass er gleich wieder nachwächst. Fast jeder seiner nächsten Schwerthiebe geht daneben. Die wenigen Kratzer, welche er ihm zufügt, heilen superschnell ab. Sein Angriff ist nicht der beste, doch in der Defensive glänzt er. Kawakis Augen und Ohren scheinen besser zu funktionieren als je zuvor. Seine Sinne sind geschärft. „Kann er wieder sehen?", stellt er sich die Frage. Komischerweise weicht er fast allen Angriffen aus. Austeilen tut er nur bei Notwendigkeit. Kawaki kann präzise ausweichen, da er irgendwie spürt, wann Akaio vorhat, wieder zuzuschlagen. Er ist sich sicher: „Von so einem Licht erholt nicht einmal er sich so schnell." Kawakis nächste Angriffe sind viel besser durchdacht. Er bewegt sich und agiert immer leiser. Es sieht gut für ihn aus. Glaubt er. Akaio zieht einen seiner Mundwinkel hoch und schon sackt Kawaki erneut, wie ein Sack Mehl, zusammen. „Genug ist genug", hält der Crule sich seine gelben Augen zu, aus denen nun gelbes Blut austritt. Akaio stolziert langsam auf Kawaki zu. „Ich mag dich. Ich wollte schon immer jemanden treffen, der noch gestörter ist als ich. Nimm mir Folgendes bitte nicht übel." Erst jetzt kriecht das wahre Monster aus Akaio heraus. Er wird mindestens doppelt so groß, ihm wachsen die spitzesten aller Zähne und das dickflüssige Blut aus seinen Augen fließt rückwärts wieder in sie hinein. „Bye, bye!" Seine Stimme ist am tiefsten aller tiefsten Töne, die jemals ein Mensch von sich gab. Er startet den nächsten Angriff. Doch dann schrumpft er wieder auf seine vorherige Größe, seine Zähne fallen alle heraus und das Blut fließt wieder Körper abwärts. „Raus aus meinem Kopf", scheint er gegen etwas anzukämpfen. Doch gegen was? „Wenn jemand vergessen wurde, dann ja wohl ich." Seine Mutter Mai mischt sich ein in die Vergangenheit, die während des Kampfes immer weiter auf Akaio und ihr herumtrampelt. Sie wehrt sich gegen diese Erinnerungen. Sie will nichts verändern, denn alles ist tatsächlich so gewesen. Sie kann ihm aber die schönen Momente aufzeigen, welche sie als Mutter und Sohn erlebten. Auch wenn es nicht gerade viele Dinge waren, sind diese seltenen Momente, die letztendlich wirklich bedeutsamen. Das fügt Akaios Crule in diesem Kampf den meisten Schmerz zu. Er sieht, wie er und seine Mutter einmal Schlittschuh liefen, wie sie zusammen Tischkicker spielten, nachdem er sich diesen Tischkicker so lange gewünscht hatte. Wie sie zusammen in einer Show waren, wie sie einmal den Freizeitpark besuchten ... aber die schönsten Erinnerungen sind und bleiben die unscheinbaren. Wenn Mai zum Beispiel an einem gewöhnlichen Abend früher nach Hause kam und sie zusammen mit ihrem Sohn zu Abend aß. Die Abende ohne eine verdammte Notiz am Kühlschrank. Kawaki bemerkt diesen Moment der Schwäche und steckt all seine noch verbliebenen Kräfte in das Schwert hinein. Er verpasst Akaio den Gnadenstoß. Dieser ist mindestens so stark wie ein Schlag, den man eher von dem sich jetzt nicht mehr regenden Akaio erwartet hätte. Er fällt zu Boden und genau zur selben Zeit steht seine Mama vom Boden auf. Kawaki bückt sich zu ihm runter und spricht zu Mai: „Sag schon! Soll ich ihn nehmen oder willst du?" Mai schluchzt: „Nimm du ihn dir." Es war keine Frage, ob sie auch seinen bösen Teil mitnehmen oder nicht? Auch er ist ein Stück Akaio. Kawaki streckt seine Hand aus und ergreift den glänzenden, goldenen Schlüssel um Akaios Hals. Mit einem Ruck zieht er ihn von seinem Hals ab. „Wir haben es geschafft", kann Kawaki fast nicht glauben. „Ich dachte, du meinst, du willst Akaio nehmen!", irrt sich Mai. „Warum?", versteht er nicht. Doch Mais Blick ist wieder lauter als tausend Worte. „Ist ja gut", lässt Kawaki es sein. „Lass uns schnell hier raus- Aua." Ein kleiner, aber feiner Felsblock prasselt auf Kawaki ein. Gefolgt von großen und schwereren Felsblöcken, von denen er manche mit dem Schwert wegstößt und anderen ausweicht. „Sie stürzt ein, schnell!" Überfordert von allem, was eben passiert, muss auch sie allem ausweichen. Gerade steuert ein Riesenbrocken mitten auf Akaios Gesicht zu, welches die Gestalt eines Crules komplett verlor. Mai legt einen Schutz um ihn, weshalb der schwere Stein ihm keinen erheblichen Schaden zufügt. „Ich glaube, nicht nur der unterirdische Raum hier stürzt ein. Diese Welt stürzt ein, BEEILUNG", realisiert Mai, nachdem sie bemerket, dass der Schlüssel anfängt zu verblassen. Mai kickt einen weiteren Stein zur Seite: „Du trägst ihn und ich mache uns die Wege frei." Kawaki, der so einiges zu sagen hätte, wird von tausenden flüchtenden Spinnen daran gehindert. Eine nach der anderen wird von den schweren Steinblöcken erschlagen. Die Spinnen machen die Flucht nicht gerade einfacher. Mai und Kawaki müssen zwangsläufig die Spinnen als Hilfe betrachten. Sie springen von der einen zu der anderen Spinne, doch leider macht sie das um einiges langsamer. Mittlerweile kracht alles zusammen. Vor ihnen sieht es auch nicht gerade besser aus. Kawaki schwingt sein Schwert kreuz und quer und kann sich so vor dem schützen, was Mai nicht schon längst beseitigte. Am Rande der Mulde angekommen, geht es bloß noch bergauf. „Wie sollen wir das jetzt anstellen?" Also Mai springt in Nullkommanichts nach oben, doch Kawaki rutscht den steilen Berg immer wieder aufs Neue herab. Es ist so steil, dass er überhaupt keinen Halt hat. „FANG!" Kawaki wirft, um eine Last weniger zu tragen, Akaio so hoch er kann zu Mai. Diese eilt schnell wieder die Hälfte des Bergs runter, um ihn aufzufangen. „Sag mal, spinnst du?" „Und wenn schon ... haut ab, ich schaffe es nicht", gibt er auf und denkt, seine Grenze ist erreicht. Er gibt zwar weiterhin sein Bestes, doch es will einfach nicht klappen. Mai versucht, ihm zu helfen. Doch das kleine Stück Kraft, das sie noch besitzt, wird sie für die restliche Strecke benötigen. Außerdem hat sie nicht so viel Kraft, zwei Männer allein zu stemmen. Sie ist eine Illusionistin (Tab) und kein Bodybuilder. Sie kann Kawaki demnach nicht helfen. Zu allem Überfluss fangen nun auch noch die Steine damit an, den Berg hinunterzukullern und selbst wenn Kawaki so fähig ist, allem auszuweichen, zerrt der erste Kampf seines Lebens im Nachhinein doch noch ganz schön arg an ihm und seinen Nerven. „Du Idiot, streng dich mehr an." Mai versucht, ihn doch noch zu erwischen, allerdings vergebens. Ein ÜBERMÄCHTIG RIESIGER Felsblock rollt auf ihn zu. Selbst wenn sein Schwert bisher so gut wie jeden Stein, überraschenderweise, einfach so durchschlagen konnte, musste es irgendwann anders kommen. Er dreht sich um und versucht, noch irgendwo einen Ausweg zu entdecken. Er sichtet ihn direkt vor seinen Augen. Der Ausweg, der schon immer bei ihm ist. Geradewegs stürmt er in seine Tür. Diese schließt sich direkt hinter ihm.

Er ist drinnen zwar in Sicherheit vom Felsblock, doch der Preis, den er dafür zahlt, ist und bleibt, dass er von jetzt an in Gefangenschaft steht. Der Stein rollt weiter, als wäre nie ein Hindernis da gewesen. Die Tür verschwindet augenblicklich mit Kawaki im Gepäck. „Er ist einfach so in seine Tür marschiert, so als wäre es nichts … AU" Mai läuft die Zeit davon. Wer weiß, was vielleicht noch passiert, wenn sie hier auch nur eine Sekunde länger verweilt. Sie macht sich, trotz Verlustes eines Kameraden, so schnell aus dem Staub wie möglich. Sie sprintet an den markierten Bäumen vorbei, zurück zum Ausgang dieser Welt (Wie sie es aus dem Loch geschafft hatte? Sie hangelte sich an den Spinnennetzen hoch). Sie hüpft von einem umgestürzten Baum zum nächsten und wünscht sich langsam: „Hätte dieser Stein doch bloß mich überrollt." Sie verliert den Glauben, es zu schaffen und kommt nicht drumherum, sich um Kawaki Gedanken zu machen: „Wenn die Tür nicht zugegangen wäre, hätte ich ihm folgen können. Zu zweit hätten wir vielleicht eine Chance gehabt. N-nein nicht einmal zu zweit … In so einer Tür wie dieser könnten allein die besten Enter etwas ausrichten. Wenn ich diesen Teil meines Sohnes nicht getragen hätte, wäre ich in der Lage gewesen, ihm zu helfen? Ich habe den schlechten Teil meines Sohnes vorgezogen vor einem Jungen, welcher mir so behilflich war. Ohne ihn wäre ich, eine ausgebildete Illusionistin, dieser Erinnerungsillusion niemals entkommen", Mai macht sich nie endende Vorwürfe. Doch als sie, in noch zu weiter Ferne, endlich die Tür sieht (was noch von ihr übrig ist), weiß sie, ihre Konzentration muss irgendwie weiterlaufen. Wenn sie stirbt, war ALLES umsonst. Sie kommt dem Ausgang immer näher. Mittlerweile sieht sie sogar schon den *„guten"* Akaio durch den kleinen Teil der bald völlig verschwundenen Tür. Er liegt weiterhin auf dem Boden, doch … Er bewegt sich! Er blickt um sich. „Er ist tatsächlich wieder bei Bewusstsein? Vielleicht weil jetzt sein anderer Teil nicht mehr bei Bewusstsein ist?", rätselt sie mit Erleichterungstränen in den Augen. Um Akaio stehen Toko, Lory, Lilya, Chess und ich. Toko und Chess sorgten sich um Kawaki und begaben sich auf die Suche nach ihm. Wir Mädchen schlossen uns ihnen, nachdem Toko in unserem Zimmer vergeblich nach Kawaki gesucht hatte, an.

Was sie letzten Endes vorfanden, war ein bewusstloser Akaio. „Mai? MAI, schnell", schreit Lory in die Tür, sobald sie Mai erblickt. „Komm schon, du schaffst das!!!!" „Nur noch ein Stück", feuern auch wir anderen sie an. Mai bleiben diese beiden Möglichkeiten: Sie entkommt oder sie stirbt und wird mit allen anderen Leichen hier begraben. Die eine Frage, welche in ihrem Kopf herum schwebt: „Wieso ist er noch da? Zum Zeitpunkt, wenn die Tür auseinanderbricht, löst man sich auch auf!" Mit einem weiteren Stück des Ausgangs, der verschwindet, kommt ihr (fast angekommen!!!) die Erleuchtung. Sie weiß nun jedenfalls, was sie zu tun hat. Ihre persönlich zu erreichende Aufgabe besteht im Moment darin, eine Sache zu erfüllen, die sie meistens schlecht und selten gut ausführte. Die Pflicht, eine gute Mutter zu sein. Das Loch, die Tür, der Ausgang! Er ist gerade mal so groß wie eine Erbse. Mai nimmt ihren Mut beisammen. Sie wirft Akaios verletzte Hälfte wie einen Pfeil auf das sich gleich schließende Tor. Ihre Abschiedsworte dabei: „Ich liebe dich, mein Sohn.“

7. Mai 2020 – 6. Mai 2021 – Mai Izuki

„Sie schon wieder? Wir sagten ihnen bereits, wir melden uns, wenn wir etwas Neues erfahren.“

Mai ruft aus Sorge und Furcht heute schon zum sechsten Mal bei der Polizeistation an. „Haben sie schon irgendwelche Hinweise gefunden? Kann ich irgendwie behilflich sein?“, lässt sie nicht locker. „Ich kann hier doch nicht so einfach herumsitzen und nichts tun, wenn meinem Sohn irgendwas passiert sein könnte“, sie läuft unruhig durch ihr Haus und will sich gar nicht ausmalen, dass ihr Sohn vielleicht entführt wurde oder im schlimmsten Fall sogar tot … Nein, darüber kann sie nicht nachdenken. „Ich weiß, es ist schwer, wenn der Sohn nicht nach Hause zurückkehrt. Sie können jetzt aber leider nicht mehr tun, als Vertrauen in uns zu setzen und abzuwarten“, gibt er ihr dieselbe enttäuschende Antwort wie die fünf Male zuvor. Ihre Enttäuschung merkt man ihr an: „Sie können jetzt nichts tun?! Haben sie Vertrauen in uns, blablabla, wir finden ihren Sohn …“, machtlos legt sie auf. Sie kann doch nicht einfach …

Sie kann nicht da sitzen und nichts tun. Vor allem nicht in diesem Wohnzimmer, welches sie für die Geburtstagsüberraschung zum 15. wunderschön und so mühevoll geschmückt hatte. Überall Luftballons und Luftschlangen, Partyhüte und Musikboxen, viele Snacks und auf dem runden Tisch, Akaios Lieblings-Schokosahnetorte (sackte über Nacht ein). Sie plante eine riesige Überraschung für Akaio, doch davon würde er nie etwas erfahren. Die Tage vergehen. Aus ihnen werden langsam die unerträglichsten Wochen, die Mai keine Wahl lassen. Sie tut den ganzen Tag nichts anderes, als verzweifelt nach ihrem Sohn Akaio zu suchen. Sie fährt jede Stelle ab, von der sie wusste, dass Akaio dort war, sie befragt Akaios Klassenkameraden, spricht mit seinen Lehrern und plant als nächsten Schritt einen Besuch in ihrer alten Heimat. Durch ihre Suche wird ihr mehr und mehr bewusst, wer ihr Sohn eigentlich ist. Was sie alles über ihn versäumt hatte. Sie findet in Akaios Zimmer den Brief von Luki und spricht mit diesem einige Stunden später. Sie hatte schon immer im Gefühl, dass Akaio sich eher zum männlichen Geschlecht hingezogen fühlte. Sie versuchte auch oft, ihn darauf anzusprechen, doch getraut hat sie sich zu ihrem jetzigen Bedauern nie. Luki erzählt ihr beispielsweise davon, dass, als er zum vereinbarten Ort kam, kein Akaio in Sicht war.

Er erzählte von der Nachricht, die an dem vereinbarten Ort in Graffiti geschrieben stand und davon, dass er ein zerschmettertes Handy vorfand, welches Akaio bestimmt vor Wut kaputt machte. Luki erinnert Mai an Leon, da die beiden sich vom Grundwesen her sehr ähneln. Der einzige gravierende Unterschied der beiden besteht darin, dass Leon das zerschmetterte Handy der Polizei ausgehändigt hätte und Luki dies eben nicht tat. Aus der Fahrt in die alte Heimat, dem Besuch bei Leon und ihrem alten Haus wird letztendlich nichts. Eine Leiche wird gefunden. Eine männliche Leiche, die um die fünfzehn Jahre alt sein soll, wurde am Kabatschu Meer gefunden. Die Polizei ist sich sicher, dass es der Leichnam von Akaio Izuki sein muss. Kein anderer Junge in dem Alter wird aktuell in diesem kleinen Kaff von irgendwem vermisst. Die Leiche selbst, oder auch nur ein Foto davon, bekommt Mai nie zu Gesicht. Sie soll ziemlich geschädigt sein, weshalb sie nicht zu ihrem vermeintlichen Sohn durfte, obwohl sie inständig darum gebeten hatte. Die Leiche soll einen aufgeplatzten Kopf haben, überall Wunden vorweisen und laut Polizei so demoliert sein, dass man nichts erkennt. Die Polizei ist sich der Leiche so sicher und Mai kann ihn nirgends finden. „Es muss wohl ta-ta-t-atsächlich er sein ...", fällt sie in ein schwarzes Loch und gibt auf. Am Ende der Geschichte führt alles dazu, dass Mai eine Beerdigung für einen Jungen abhalten lässt, der in Wirklichkeit nicht einmal ihr Sohn ist. Danach ist ihre Welt nie wieder dieselbe. Nie wieder schön, nie wieder glücklich. Diese einjährige Suche nach ihm hat sie hoffen lassen, doch wo er für tot erklärt wurde, starb mit der Erklärung die Hoffnung. Sie geht daraufhin jeden Tag in Akaios Zimmer und spricht mit einem Bild, das auf Akaios Nachttisch steht. „Tut mir leid, mein Schatz, ich konnte unseren Sohn nicht retten." Sie wird immer depressiver und kränker.

6. Mai 2022 – Nach einer Überdosis an Medikamenten wurde Mai Izuki tot in ihrem Badezimmer aufgefunden.

Wir beide starben, da wir Menschen verloren, die wir liebten. Erst als ich in dieser Welt war und dich wieder traf, wurde ich wieder zu Mai Izuki.

Meinem Mann bin ich nach meinem Tod nicht wieder begegnet. Ich und du sind zwar tot, landeten trotzdem zwischen den Welten. Das war kein Zufall, das war Schicksal. Alles, was ich gemacht habe, war im Nachhinein falsch. Doch all das habe ich für dich getan. Ich war viel arbeiten, damit ich dir als alleinerziehende Mutter so viel ermöglichen konnte, wie es ging. Damit du genug Kleidung hattest, genug zu essen, genug zum Überleben. Ich habe versucht, dir viel zu geben, doch seit dein Papa gestorben ist, war ich leer … vollkommen leer. Meine größte Angst war es, dich auch noch zu verlieren, als das eintraf, war ich innerlich schon am Verwesen. Ich habe dich vergebungslos gesucht und gesucht, doch am Ende brachte alles nichts. Als ich erfahren habe, dass du auf Männer stehst, war ich immer noch die stolzeste Mutter auf dieser Erde. Nichts hatte sich an meinem Bild zu dir geändert. Ich habe dich immer geliebt. Ich betete jeden Abend aufs Neue: „Komm zu mir zurück." Jetzt ist unsere gemeinsame Zeit zwischen den Welten vorbei, doch vielleicht finden wir uns alle drei: du, ich und dein Vater, im Himmel wieder.

Meine schönste Erinnerung ist und bleibt trotz allem, was ich und du in unserem Scheißleben durchgemacht haben: Deine Geburt in Zimmer 004, als der Arzt mir mitteilte, ein gesunder Junge sei geboren.

„… wäre ich dir nie begegnet."

Die Autorin

Amy Strauß wurde 2004 in Crailsheim, Baden-Württemberg, geboren und wuchs mit ihren Eltern und ihren vier Geschwistern in einem Dorf auf. 2021 machte sie ihren Realschulabschluss und absolvierte danach ein Freiwilliges Soziales Jahr. In dieser Zeit merkte sie, dass das Schreiben ihre Leidenschaft ist. Jetzt, 20 Jahre nach ihrer Geburt, freut Amy sich, mit „Zwischen den Welten – Türen der Vergangenheit" ihr erstes eigenes Buch zu veröffentlichen. Neben der Leidenschaft für das Schreiben verbringt Amy gerne Zeit mit ihrer Familie und ihren Freunden, macht Sport und ist kreativ tätig.

Der Verlag

*Wer aufhört
besser zu werden,
hat aufgehört
gut zu sein!*

Basierend auf diesem Motto ist es dem novum Verlag
ein Anliegen, neue Manuskripte aufzuspüren, zu veröffentlichen und deren Autoren langfristig zu fördern.
Mittlerweile gilt der 1997 gegründete und mehrfach
prämierte Verlag als Spezialist für Neuautoren in
Deutschland, Österreich und der Schweiz.

**Für jedes neue Manuskript wird innerhalb we-
niger Wochen eine kostenfreie, unverbindliche
Lektorats-Prüfung erstellt.**

Weitere Informationen zum Verlag und
seinen Büchern finden Sie im Internet unter:

www.novumverlag.com